Jacques Garay

Le syndrome de Louhossoa

Du Noir au Sud
est une collection des Éditions Cairn
dirigée par G.D Noguès

Du Noir au Sud est une collection de polars qui nous transporte dans le Sud, ses villes, ses villages, à la découverte des habitants, de leurs traditions, leurs secrets.
Son ambition : dessiner, au fil des ouvrages, un portrait d'ensemble de la région, noirci à coups de plumes tantôt historiques, ou humanistes, parfois teintées d'humour, mais où crimes et intrigues ont toujours le rôle principal.

Illustration de la couverture : © Djebel
Photos : © Dan Buster's, modèle Carmen Legros.

Les éditions Cairn bénéficient du soutien de la DRAC
et de la Région Nouvelle Aquitaine
ISBN : 978-2-35068-774-2/ISSN : 2275-2331

Jacques Garay

Le syndrome de Louhossoa

cairn
ÉDITIONS

Chapitre I

Dimanche matin

Drôle de Boléro

Elle avait été enlevée LOL, oui ! La nouvelle s'était répandue comme un pochtron qui se viande en sortant du bar où il a fait les trois huit en trois heures, acceptant les cadences infernales de tournées s'abattant en rafales, mais rendant son tablier et autre chose, arrivé au bout du bout. Quand il y en a partout parce qu'on n'a pas su dire stop… Fallait-il pleurer, fallait-il en rire ?

Ça s'était propagé avec la force du vent d'ouest, celui qui annonce le mauvais temps et la pluie insidieuse ou piquante qui va avec, dans ce Pays basque où ce que l'on enlève le plus, ce sont les bérets pour saluer les dames. Radio Quai avait commencé à émettre en continu. Radio Quai, c'était le moyen pour le monde gouailleur et grande gueule de la pêche, de jeter ses filets pour attraper l'information ou de débarquer ses prises pour la diffuser. « J'ai pas vu, j'ai pas lu, mais j'ai entendu causer », cette vieille rubrique du *Canard Enchaîné*, à la mode luzienne et cibourienne, refaisait surface. Car à Saint-Jean-de-Luz dont elle avait été le premier magistrat, et à Ciboure où il lui arrivait de résider, LOL, c'était quelqu'un.

LOL, Liliane Obier-Lavie, fille de Bernadette Lavie ancienne députée-maire PRP de Biarritz, avait grandi une cuiller en or dans la bouche. Parcours universitaire brillant, puis les ors de la République, cabinets ministériels, conseiller municipal puis général, maire, député, nationale et européenne, ministre souvent régalienne, membre influent du PRP, le Parti Républicain Populaire, tout, chez elle, avait fait honneurs et responsabilités. Elle avait abandonné la Mairie de Saint-Jean-de-Luz pour aller plus loin encore. S'inspirant sans doute de Nicolas Fouquet, surintendant des finances de Louis XIV, qui se demandait en regardant l'écureuil au bas de l'arbre, jusqu'où ne montera-t-il pas ? « Quo non ascendet ? » dont il avait fait sa devise. Avant de finir à Pignerol, les noisettes cassées sans que Tchaïkovski s'en mêle.

Moi, la nouvelle m'avait cueilli presqu'en direct. Après avoir sacrifié, mais combien agréablement, au rituel de ma baignade matinale à la plage du Fort de Socoa, puis à ma déambulation iodée sur la digue qui bouclait la baie de Saint-Jean-de-Luz/Ciboure à l'ouest, je m'étais douché et habillé, puis j'avais petit déjeuné. Et mon smartphone avait tintinnabulé : Petit Poulet.

— Salut Xanti, LOL a été enlevée à son domicile du quai Ravel à Ciboure, cette nuit sans doute. Ne la voyant pas sortir pour aller à la messe à Saint-Jean-de-Luz, ses officiers de sécurité se sont inquiétés. La porte de son appartement était ouverte, pas de trace de lutte, le lit défait, des armoires et des tiroirs ouverts, comme pour prendre quelque chose à la hâte, des fringues sans doute. Je suis sur place.

— Merci, Petit Poulet, j'arrive.

Concis et efficace, comme d'habitude.

Xanti, c'était moi, Xanti Sopuerta.

Petit Poulet, Jacques Seignosse de son vrai nom, c'était le commissaire de police de Saint-Jean-de-Luz, il était mon ami. Et il nous était déjà arrivé de naviguer de conserve sur des affaires qui avaient secoué le Pays basque. J'abandonnais alors mes chroniques et mes guides gourmands afin de mener l'enquête, à ma façon, pour *La Gazette du Pays Basque*, le journal local, et aussi pour *Le Parisien*, quand l'intérêt s'avérait national. Nous formions une équipe singulière où chacun enquêtait de son côté. Nous croisions nos trouvailles et nous nous donnions des coups de pouce mutuels. Et celui-là en était plutôt un, car il était évident que Petit Poulet m'avait informé en priorité, faisant fi de la procédure. La concurrence grincerait encore des dents. Elle n'avait qu'à, comme moi, avoir des amis bien placés. Notre duo était bien rodé, fonctionnait à notre grande satisfaction, et c'était la seule chose qui nous importait.

Bacon en suspension, œufs plus brouillés que jamais, je secouai la tête, incrédule. Elle avait donc réussi son come back, la petite mère Obier-Lavie : si on l'enlevait – et je ne pensais absolument pas aux Sabines – c'est qu'elle existait encore. Comme quoi, à toute chose malheur est bon. Bacon, œufs brouillés, thé, tout resta en plan. Sautant sur mon scooter italien – pour les bagnoles, ce sont les Allemands et pour les motos les Japonais – comme Zorro sur Tornado, je quittai Marinela, le quartier où j'habitais, en piquant des deux, direction Larraldenia, le port de plaisance de Ciboure tout proche, et le quai Ravel.

Là, tout n'était que désordre et beauté – quand même – pagaille, agitation et tension palpable.

Je garai ma monture près de la capitainerie et je portai mes pas vers le Café Garra, haut lieu cibourien de convivialité et de passage, mais aussi creuset des nouvelles dans tous les domaines. La Maison Poulaga caquetait partout : bleus et en civil grouillaient avec obstination sur le quai Ravel, comme les notes du Boléro sur la partition du même Maurice. Les clients, qui d'habitude investissent les lieux au sortir de la messe à l'église Saint-Vincent – notre Bixintxo fêté en janvier – s'étaient vus précédés par une marée haute de curieux recouvrant la terrasse et le bar. Il me fallait voir Petit Poulet au plus vite, je continuai donc sur le quai, passai devant la Maison Ravel, jusqu'au domicile de LOL, au premier étage donnant sur le quai, mais dont l'entrée se situait rue Pocalette, une rue étroite parallèle au quai. Il y en avait partout des condés ! Mais je ne tardai pas à apercevoir Bruno Subelet, l'adjoint de Petit Poulet, je lui fis signe.

— Bonjour, commença-t-il, vous cherchez le commissaire ? Il est derrière, dans la rue. Laissez-le passer s'adressa-t-il à la cantonade en képi, il va voir le patron.

— Merci, fis-je en fendant une foule bleu marine, drue mais bon enfant.

Effectivement, Petit Poulet se trouvait dans la rue, s'entretenant avec un gradé.

— Je vous laisse, un journaliste, lâcha-t-il en me voyant.

Je m'approchai.

— Alors, Jacques, quoi de neuf?

Je ne l'appelai jamais Petit Poulet quand un de ses hommes risquait de nous entendre.

— Pas plus que je ne t'en ai dit au téléphone. La porte n'a pas été fracturée et il n'y a aucune trace de lutte ou quoi que ce soit. Il y avait des bijoux auxquels on n'a pas touché. Apparemment rien n'a été dérobé. On fera le point plus tard avec la famille. On est entrain de relever les empreintes, mais j'ai bien peur que ce soit en pure perte.

— Ça s'est passé quand?

— Vraisemblablement cette nuit. Ce matin personne n'a rien remarqué.

— C'est donc un enlèvement. Il n'y a plus qu'à attendre la revendication.

— Xanti, tu vas un peu vite, non? Même si cette piste est plus que probable.

— Que veux-tu que ce soit d'autre? Elle n'a pas levé le pied avec un gigolo pour aller faire des after à Ibiza. Quant à s'envoler pour San Francisco afin de fumer de l'herbe en toute légalité, je ne la vois pas trop. Elle n'a pas non plus tout abandonné pour une retraite à Lhassa en robe safran dans les vapeurs d'encens au son des petites clochettes. Attends la revendication, Jacques, tu n'as que ça à faire. Et BAL, qu'est-ce qu'il en dit?

BAL était le surnom de Bernard Amiot, qui était devenu Bernard Amiot Lavie par la force des choses, BAL donc, puisqu'il était le compagnon de LOL. Il était également député PRP des Yvelines, maire de Maisons-Lafitte et président du Grand Paris. Un type occupé. Mais que la disparition de sa compagne ne devait pas laisser indifférent, même si on le voyait moins à Ciboure.

— Tu penses bien qu'on l'a contacté fissa. Il devrait arriver dans l'après-midi. Et devine quoi ? C'est moi qui vais le chercher à sa descente d'avion à Biarritz.

— Tu en auras donc des choses à me raconter après avoir accompli ta délicate mission. Je t'appellerai vers 17 h. Puis-je faire quelques photos de toi, non pas posant, mais t'entretenant avec tes hommes ? Ce sera bon pour ta carrière. Parce que je vais appeler *Le Parisien* illico et ils vont être intéressés, là-haut à la capitale.

— Vas-y.

Il héla l'un des bleus, l'attira vers la porte de l'immeuble où tremblotait au vent un ruban fluo en barrant symboliquement l'entrée – c'était une scène de crime après tout – et s'enquit de je ne sais quoi. Mais il me laissa le temps de faire mes photos. Un pro, Petit Poulet. Et un ami aussi.

— Ciao ciao, fis-je à leur adresse. Et merci.

Ce dimanche de septembre s'annonçait copieux. Heureusement que les ravisseurs avaient attendu ce dimanche-ci, car dimanche dernier il y aurait eu embouteillage : ouverture de la chasse, finales des traînières à la Concha à Saint-Sébastien, fêtes de Sare. Ça se serait bousculé au portillon de l'info ! Aujourd'hui, c'était beaucoup mieux, l'enlèvement de LOL occuperait seul le devant de la scène. Ce ne pouvait être qu'un enlèvement. Je retournai à Larraldenia. Appuyé à la rambarde, de dos au Pierre-Loti, le canot de la SNSM et face à la Maison Ravel, j'appelai Roland Campan le patron de *La Gazette du Pays Basque*.

— Xanti, qu'est-ce qui t'amène ?

— LOL a été enlevée chez elle à Ciboure, cette nuit sans doute. C'est Seignosse qui m'a rencardé. Pas de revendication encore. BAL arrive par l'avion cet après-midi. J'ai des photos. J'aurai d'autres infos vers 17 h. Les médias ne sont pas encore avertis.

— LOL, hou là là ! Ça va relancer sa carrière, ça. Je m'en occupe. Demain, une bien sûr. Et page 3. Fonce Xanti, fonce !

— Banzaï Roland. Ciao ciao.

Dans la foulée j'appelai *Le Parisien*. Kattalin, ma vieille copine d'Arcangues, était sur le pont au secrétariat de rédaction.

— Xanti, fit-elle, qu'est-ce qui se passe au Pays basque ?

— Kattalin accroche-toi, LOL a été enlevée cette nuit à son domicile à Ciboure. Il n'y a pas encore de revendication.

— Non ? lâcha-t-elle, dans un ahurissement total. Attends, je demande, mais c'est oui, bien sûr.

Je n'attendis que quelques secondes.

— 2 500 signes avec photo se rapportant à l'enlèvement, si tu as.

— J'ai, Kattalin.

— Rappelle demain en fin de matinée, comme d'habitude. Je suis là toute la semaine.

— Je t'embrasse Kattalin, à demain.

— À demain Xanti.

Pavane pour une infante défunte, *Ma Mère l'Oye*, *Le Tombeau de Couperin* ? La Maison Ravel était l'endroit idoine pour s'interroger sur l'avenir que cet enlèvement promettait à LOL. Car il y a bien longtemps que *l'Enfant et les Sortilèges*, ce n'était plus pour elle. J'abandonnai mon poste pour aller affronter la tempête. Avec la sortie de la messe, le quai Ravel était devenu une mer où la houle de la foule se formait et se reformait dans un ressac fracassant. Charybde, Scylla, le Cap Horn, la pointe du Raz, autant d'écueils qui vous cueillaient sans vous lâcher. Ce n'était pas demain la veille que le quai se transformerait en mer des Sargasses, le calme plat ce serait pour plus tard. En attendant, il me fallait plonger dans l'œil du cyclone.

Ça y est, ça commence ! J'en entends déjà qui dubitativent. Qui est ce type qui veut plonger dans l'œil du cyclone ? A-t-il pensé à la hauteur du plongeoir ? Et à la taille de la peau de chamois qu'il lui faudrait pour s'essuyer, s'il parvient à sortir de cette piscine. Et alors ? Mes petits chéris, c'est moi qui écris. Et j'écris ce que je veux. Si j'ai envie de vouvoyer les bordures, je le fais. De passer de l'âne au coq, je le fais aussi. Si j'ai décidé d'enfoncer les portes fermées, c'est mon épaule qui trinque, pas la vôtre. Mettre les bœufs à côté de la charrue ? Quand ça me chante. Pendre les aristocrates à la vessie ? Oui ! Et quand ma lanterne est pleine, je la vide. Contre un arbre ou un mur, en sifflotant d'un air dégagé. Je suis comme ça, moi, faudra vous y habituer. Vous, vous lisez, c'est le plus facile. Tout au long de ce bouquin, je prendrai soin de vous. Vous verrez, je ne vous ferai rien manquer. Ceci étant dit, je continue.

Le Garra relevait de la pétaudière. Sur la terrasse, les garçons ne savaient pas où donner du plateau, je la traversai donc pour m'approcher du bar, rocher battu par les flots de consommateurs d'infos et d'apéritifs et où s'accrochaient quelques opernes opiniâtres, à l'instar de Gratien, pêcheur et cuisinier émérite, et Michel, Cibourien grand teint. Le tumulte était tout entier dédié à LOL, toute LOL, rien que LOL. Michel en pinçait pour le crapuleux. Gratien n'y voyait que du politique.

— Il ne manquait plus que toi, commença Gratien.

— Tu voulais des nouvelles fraîches, lui fit Michel en me désignant du menton, avec tous ses amis bien placés, il va savoir quelque chose, c'est sûr.

— Bonjour messieurs, commençai-je. J'ai du frais, effectivement, rien n'a été volé.

— J'ai encore raison, s'illumina Gratien triomphal. C'est politique, c'est tout.

Il agrippa le bras du barman.

— Servez un Ricard à monsieur, s'il vous plaît. Tu vas boire comme nous, non ? me fit-il.

Quand la maréchaussée me fait signe de m'arrêter, j'obtempère. Face à l'autorité naturelle de Gratien, j'obtempérai aussi.

— Tu vas voir qu'il y aura une demande de rançon, martela Michel sans se démonter. Et ce sera crapuleux. Elle n'intéresse plus personne, ta copine.

— Tu n'y connais rien, cingla Gratien. Il y a les élections européennes qui se profilent et le PRP aura besoin de poids lourds.

— LOL un poids lourd ? rigola Michel.

— Peut-être qu'elle pèse moins maintenant, mais elle tient la route, pérempta Gratien.

— Ton amour t'aveugle, regretta Michel.

Le ping-pong s'éternisa plus que le pastis dans nos verres. Je laissai la partie continuer et sortis sur la terrasse. Personne à se mettre sous l'oreille, mais je la tendis quand même, espérant quelques oboles auditives. Je saisis ça et là des bribes où dominait la stupéfaction. Et surtout l'étonnement que personne ne se soit rendu compte de rien. Il fallait se rendre à l'évidence, ici, entre les phares d'alignement guidant les bateaux à l'entrée du port et construits en 1937 par André Pavlovsky, symboles de lumière et de route à suivre, personne n'avait rien vu ni entendu. Un comble. Mais tout le monde en parlait.

Mon smartphone roucoula : Geneviève.

— Rouletabille, commença-t-elle, m'aurais-tu oubliée ?

— Aïe, aïe, aïe, Madame L'Oréal ! j'ai bien peur que oui. Je suis désolé. Mais j'ai des circonstances atténuantes – parfois j'en avais d'exténuantes – LOL vient d'être enlevée et Petit Poulet m'a mis sur le coup pendant que je commençais à petit déjeuner. Je suis sur le quai Ravel, mais j'arrive chez toi dans un quart d'heure et je te raconte tout.

Rouletabille, c'était le plus souvent comme ça que m'appelait Geneviève, ma Geneviève, pharmacienne de son état, Madame L'Oréal quoi ! et qui habitait une maison avec piscine et chien, à Bordagain.

Hier soir, elle était à Biarritz avec ses amies Maïté et Laurence, voir danser les stars du Temps d'Aimer. La nuit biarrotte avait dû les happer avant qu'elles aillent au casino. Dépenser leur argent connement, elles adoraient ça toutes les trois. Moi j'étais à Saint-Sébastien voir jouer la Real Sociedad contre le Barça, mon copain donostiar Federico

Bazaguren avait des places et j'en avais profité. Et je devais retrouver Geneviève chez elle en fin de matinée puisque, la veille, nous avions fait nuit à part.

J'enfourchai ma monture, filai chez moi récupérer mon ordinateur. C'est donc d'un scooter pressé et guilleret que je gravis les pentes de la colline enchantée. Arbre sous lequel je garai ma machine, chien à la queue neutre et au regard absent ou dédaigneux, allez savoir avec cette curieuse engeance, tout était pour le mieux dans le plus beau des mondes.

J'envoyai mon spécial à la sonnette et je descendis l'escalier. Les magiciens danois de la stéréo envoyaient Jacques Loussier et son trio jouant Bach et elle était là. Magicienne, elle aussi, au milieu du canapé, chemisée et bermudée de lin sable chaud de Ouarzazate, ses bras veloutés sur le dossier, royale et légèrement cambrée, le téton tout sauf pusillanime. Je m'en approchai comme d'une châsse renfermant des trésors, et me penchant avec dévotion je posai mes baisers sur sa bouche jolie. Le tabernacle s'ouvrit sur une langue inquisitrice, délicieux supplice. Il y a longtemps que j'étais converti, abjurer Geneviève serait une hérésie, relaps Max.

Ni Jean-Paul Belmondo, ni Jean Seberg, nous étions pourtant à bout de souffle.

— Alors raconte, fit-elle, comme elle faisait toujours, en tapotant le coussin.

Je m'assis et je racontai. Le quai Ravel, Petit Poulet, Larraldenia, le Garra, la stupéfaction et les affaires qui reprenaient – peut-être – pour LOL qui connaissait une traversée du désert depuis un fourvoiement émirati où tous les palmiers, tous les bananiers n'ont pas poussé pareil, l'obligeant à partir. En politique, on appelait ça, réserve de la République. Dans la vraie vie, placard.

— Et moi qui vivais ma vie pendant que LOL jouait la Betancourt sans les FARC ! attaqua-t-elle. Tu vas donc rester ici, je t'ai vu arriver avec ton matériel. Par contre, je pensais qu'on allait déjeuner quelque part. Mais il y a de quoi manger. Moi le liquide, toi le solide ? Allez, ça roule.

J'investis donc la cuisine. Salade iceberg, cornues des Andes, oignon blanc, je tenais mon entrée. Je sortis des pavés de merlu du congélateur. Ils feraient l'affaire avec les piments de Gernika que j'avais repérés dans une petite panière. Je fis donc chauffer la plancha. Et le dessert ? Il se présenta sous forme de paraguayos, cette sorte de pêches plates. Un coup de txakoli pour arroser, un trait d'anis La Cadenas pour corser en sucrant, mes fruits au sirop tenaient la route.

Geneviève arriva, un verre pétillant dans chaque main.

— Goûte-le, c'est du Gañeta, le txakoli que l'on sert à la Gastronomica de San Sebastian. Je m'en suis procuré grâce à Bixente Biskotx. Tu m'avais dit qu'il était bien sur du merlu. Tu vois, je t'écoute.

Nous trinquâmes. Pas que sur le merlu. Sur les lèvres de Geneviève aussi.

La table mise sur la terrasse était d'un classique classicisme : nappe et serviettes légèrement écrues, rayures marine et sang de bœuf, assiettes du même envoi. Ça se passait comme ça chez Geneviève.

— As-tu une idée de qui a pu enlever LOL ? commença-t-elle.

— Puisque rien n'a été dérobé, on pourrait écarter la piste crapuleuse. Mais on n'est pas à l'abri d'une demande de rançon. Donc piste à ne pas négliger quand même. Pour ce qui est de l'enlèvement politique, je le crois pour ma part improbable. Les Brigades Rouges, la Bande à Bader, c'est terminé. Quant à la piste terroriste, elle s'efface d'elle-même. Ils se seraient fait sauter sur place, les barbus, avec les soixante-douze vierges à la clé. Tandis qu'avec LOL... ceinture. D'explosifs bien sûr. Pour revenir à la politique, ce n'est pas encore la guerre des clans au PRP, et LOL n'est plus sur le podium. Alors pourquoi ?

— Et les Basques, Rouletabille ?

— Quoi, les Basques ?

— Tu oublies les Basques.

— Pourquoi s'encombreraient-ils de LOL ? ETA a plié les gaules et tout se passe en coulisse désormais.

— Peut-être pas ETA, mais ceux d'ici. On n'en entend plus parler mais peut-être ont-ils des raisons ?

— Qu'auraient-ils à négocier ?

— Le rapprochement des prisonniers politiques, par exemple. Un dernier coup d'éclat.

— Je n'y crois pas.

— Penses-y quand même, Rouletabille.

J'y penserai, j'avais faim.

Le merlu fit une bonne association avec le Gañeta, les gernikas, moelleux et craquants de gros sel, constituèrent un accompagnement de catégorie. Les paraguayos s'épanouirent dans le sirop que je leur avais concocté. Juste après le café-piston, nous embarquâmes pour Cythère en haut de l'escalier. Nous avions une nuit de retard.

Chapitre II

Dimanche après-midi et soir

Pourquoi LOL ?

Un petit plouf dans la piscine avait refait de moi un homme tendu, vers le travail qui m'attendait, bien sûr. Je feuilletais mon petit carnet rouge où ce matin j'avais pris des notes. J'y consignai aussi mes réflexions et celles de Geneviève. J'allumai en sourdine France Bleu Pays basque au cas où du nouveau se produirait, et je commençai à préparer mes papiers. Il était près de 17 h, presque l'heure d'appeler Petit Poulet. La radio faisait le tour des stades pour glaner les infos relatives aux matches disputés dans l'après-midi, quand un jingle bizarre coupa l'herbe sous le pied aux sportifs de tous poils.

« Un enregistrement contenu dans une clé USB, concernant la disparition de Liliane Obier-Lavie, vient de parvenir à la rédaction de France Bleu Pays basque, commença, solennel et tendu, le journaliste. Nous allons le diffuser à l'instant. Une voix nasillarde et étouffée se fit alors entendre en euskara, puis en français : Nous avons enlevé Liliane Obier-Lavie la nuit dernière, à son domicile de Ziburu, elle se porte bien. Nos instructions suivront. Gora KI ! Gora Euskadi askatuta ! » C'était tout. Mais ça suffisait pour remettre le feu aux poudres.

KI, Kontraposoi en euskara, contrepoison en français – le sigle KI utilisait la première et la dernière lettre du nom – était une organisation clandestine armée qui luttait pour l'indépendance du Pays basque français où elle avait été fondée au début des années 1970 par quelques militants. Elle intensifia ses actions dans les années 1980, notamment en utilisant les explosifs, et plusieurs de ses membres entrèrent dans la clandestinité pour revendiquer l'autonomie du Pays basque français. L'organisation tint le haut du pavé de la lutte armée au cours de laquelle attentats, arrestations et procès alimentèrent régulièrement la chronique, jusque à la fin des années 90. À partir de là, KI mit la sourdine pour ne pas compromettre les négociations permises par la signature des accords de Lizarra de 1998. Mais en avril 2000, KI reprit la lutte armée et fit encore valser quelques bonbonnes de gaz. Et aujourd'hui, après des années de pédale douce, fallait croire que, telle la salamandre, KI renaissait de ses cendres.

Mon smartphone me rappela à l'ordre, il était temps d'appeler Petit Poulet.

— Fierté de la Police Nationale, l'enlèvement est revendiqué, la situation se décante.

— Ils n'ont pas traîné, Xanti. Je convoyais BAL à Ciboure dans ma voiture, quand France Bleu nous a appelés pour nous passer l'enregistrement.

— Quelle a été la réaction de BAL ?

— Bizarre. Un mélange d'inquiétude et de soulagement.

— Soulagé que sa compagne soit enlevée ?

— Non, soulagé qu'elle soit vivante. C'est ce qu'il m'a semblé, Xanti.

— Tu avais eu le temps de discuter avant la revendication ?

— Pas beaucoup, je venais de prendre l'autoroute et jusque là, c'est moi qui avais parlé pour lui faire un topo de la situation.

— Et dans l'appartement, a-t-il remarqué quelque chose de particulier ?

— D'après lui, rien n'a été volé. Seul un sac de voyage et des vêtements ont disparu.

— Il va rester à Ciboure ?

— Non, l'appart est une scène de crime. Il va passer la nuit à Biarritz chez les Lavie, avant de reprendre l'avion pour Paris, demain après-midi.

— En parlant d'avion, quand est-il arrivé à Biarritz ?

— À 15 h 30 par la ligne régulière.

— Bon, ça fait un beau début tout ça, Petit Poulet. Il n'y a plus qu'à attendre la suite. À demain en fin de matinée ?

— On fait comme ça, Xanti.

Maintenant, la concurrence devait être sur les dents, elle aussi. Mais j'avais quelques billes en plus. Notamment les photos de Ciboure. Je me mis à l'établi.

Je commençai par *La Gazette*, comme toujours. Je m'attachai à dépeindre l'ambiance qui régnait à Ciboure suite à la découverte de la disparition de LOL. Je fis un panel des supputations des uns et des autres, avant la revendication de l'enlèvement et aussi une piqûre de rappel au sujet de Kontraposoi. Bien sûr, je n'omis pas les précisions sur l'arrivée de BAL sur la Côte basque, son court séjour dans la famille de LOL, son retour à Paris et sa réaction lors de la revendication de l'enlèvement. Je finis sur l'attente du contenu de la revendication qui allait déterminer le ton à donner à cette affaire. Je titrai « Boléro tragique Quai Ravel », je joignis les photos et j'envoyai. Je mis mes notes en ordre et préparai mon papier pour *Le Parisien* avant d'appeler Roland à *La Gazette du Pays Basque*.

— Xanti, je suis en train de te lire, on a encore un coup d'avance. On fait la Une et la page 3 avec une colonne retraçant chronologiquement la carrière de LOL. J'ai envoyé Pibale en planque à l'aéroport pour shooter l'arrivée de BAL, il l'a eu. On a tout bon sur ce coup.

— Nickel ! Ciao ciao, Roland.

Au *Parisien* maintenant.

Je le fis plus capitale, mettant LOL et BAL au centre du papier, comme je l'avais fait avec les Cibouriens et l'étonnement du quai Ravel, pour *La Gazette*. Je déterrai la hache de guerre comme il semblait que KI était en train de le faire, en ouvrant la porte aux questions que l'on se posait forcément quant au contenu à venir de la revendication. Je titrai « LOL otage au Pays basque », et j'envoyai avec une photo de Petit Poulet devant chez LOL.

Je rangeai mes affaires, puis j'appelai *Le Parisien*. Kattalin était à la manœuvre.

— Xanti, ça recommence, alors ?

— Je n'en sais rien Kattalin. Attendons ce que va réclamer KI.

— Je croyais qu'ils s'étaient dissous.

— KI est interdit mais il lui reste encore des militants et des activistes, la preuve.

— Pibale m'a envoyé une photo de Bernard Amiot arrivant à l'aéroport de Biarritz. J'ai reçu la tienne aussi.

— Vous avez donc le choix. Je t'embrasse Kattalin, à demain.

— À demain Xanti, 2 500 signes.

Il n'était pas loin de 20 h, pour moi la soirée pouvait commencer. Où allions-nous la passer ? Car il était évident qu'une déambulation sudiste se serait profilée à l'horizon. C'est ce qu'aurait choisi la magicienne pour clôturer cette fin de semaine en beauté. Mais l'actualité commandait. Adieu Londres, Pampero, cazuelas et chiquiteo autour de la place de la Constitution !

Je rangeai mon matos quand elle arriva, frémissante, le sillage fragrancé de Aquawoman de Rochas, jupe courte en jean et blouson à l'avenant, lie de vin sur un chemisier ciel, collier de perles et jonc de platine – faut ce qu'il faut – chouchou et ballerines bordeaux, Laffargue assorti, évidemment.

— As-tu entendu la nouvelle ? fis-je.

— Quelle nouvelle ?

— KI a revendiqué l'enlèvement de LOL via un communiqué envoyé à France Bleu Pays basque et enregistré sur une clé USB.

— Hou là là ! Rouletabille, mais ça change tout. J'aurais aimé flâner à ton bras autour de la Concha, mais ce soir ça va être place Louis-XIV, quoi d'autre ?

— Quoi d'autre en effet ?

Nous descendîmes de Bordagain dans sa voiture et nous nous garâmes au parking de Larraldenia. Pendant le court trajet, je lui fis un topo de ma conversation téléphonique avec Petit Poulet. Et je lui livrai les derniers détails quand nous traversâmes le pont De-Gaulle, si bien qu'elle fut totalement opérationnelle à notre arrivée place Louis-XIV.

Beau temps, dimanche soir de septembre, LOL enlevée, la place Louis-XIV n'était pas la place de Broukère où l'on voyait des vitrines, avec des hommes, des femmes en crinoline, on ne voyait pas l'omnibus avec des femmes, des messieurs en gibus, mais Saint-Jean-de-Luz y saint-jean-de-luzait. Pas d'impériale, pas de cœur dans les étoiles, mais de tous côtés on n'entendait plus que ça, un air nouveau qui nous venait de là-bas, un air nouveau qui nous faisait du dégât, et comme Richard Anthony à propos du twist, il nous prenait. Là-bas, c'était juste en face, à Ciboure, et ici on n'entendait que ça. Et du dégât, l'enlèvement de LOL en avait fait, rallumant la mèche de luttes quasiment abandonnées. Je n'étais pas James Coburn pour annoncer « mèche courte » ou « mèche lente », mais aujourd'hui au Pays basque, il était une fois la révolution, c'était sûr. Si le kiosque et sa musique drainait encore les attentions, c'était aux terrasses que ça se passait. Elles étaient bondées – pléonasme luzien estival dès que la météo vous égayait – et rehaussées d'autochtones venus aux nouvelles. L'enlèvement de LOL, ostensoir vénéré des fidèles, avançait sous le dais de la bouillante actualité, suscitant des réactions où la colère stupéfaite pesait sur un plateau, autant que l'étonnement ironique alourdissait l'autre. Inquiétude, narquoiserie ? La place Louis-XIV balançait.

Nous allions aborder aux rivages du Majestic quand un « Hep, Xanti ! » nous sortit de notre cabotage. Jean-Michel et Maïté, Jakes et Bernadette, nous faisaient signe. Nous nous avançâmes donc.

— Nous allons avoir des détails, commença Bernadette à l'adresse des assis. Nous allons nous serrer, approchez-vous, fit-elle, invitant à s'asseoir les debout que nous étions, Geneviève et moi.

— Alors ? embraya Maïté.

— Alors ? repris-je. BAL est arrivé de Paris et était dans la voiture du commissaire Seignosse quand l'enlèvement a été revendiqué. Inquiet et soulagé que LOL soit vivante, tel est apparu BAL à l'écoute du communiqué.

— Il est allé quai Ravel ? demanda Jakes.

— Oui, et il a constaté que des fringues et un sac de voyage avaient disparu. Rien de plus.

— Et Seignosse, poursuivit Jean-Michel, qu'est-ce qu'il en pense de la sortie du bois de KI ?

— Je n'ai pas eu le loisir d'en discuter. Il était légèrement sur les dents, entre BAL et la famille Lavie qui n'allait pas tarder à lui tomber sur le râble. Voilà, vous avez tout. Demain *La Gazette* ne vous en dira pas beaucoup plus.

Un garçon vint s'enquérir de nos goûts alcooliques. La tablée avait commencé au Rueda, nous continuâmes.

— Moi, continua Geneviève, je ne vois pas très bien le rôle de KI. Quel intérêt a-t-il à s'encombrer de LOL en ce moment ? Certes, le processus de paix et de désarmement d'ETA ne suscite pas l'enthousiasme des autorités et traîne un peu la jambe, mais que gagne KI en enlevant LOL ? N'oublions pas qu'il était rentré dans le rang pour ne pas gêner les négociations.

— Il veut peut-être entrer à nouveau dans le jeu ? risqua Jean-Michel.

— Oui, mais il brouille les cartes, avança Jakes. Ce n'est pas avec ça qu'il fera avancer le schmilblick.

— Je suis d'accord avec vous, poursuivit Bernadette, mais pourquoi LOL ? Elle a été, mais elle n'est plus. Du moins pas autant qu'avant. Moi, j'aurais enlevé Florence Bidache. Elle est députée de la VIe circonscription et fille de son père, sénateur et président du conseil départemental. Pour moi, ça aurait eu plus de poids, si votre hypothèse est la bonne.

— C'est peut-être la symbolique que recherche KI, embraya Maïté. LOL a un palmarès autrement plus fourni que Florence Bidache. Maire, député, ministre quasiment en CDI, et pas n'importe quels ministères.

— Oui mais là, ça dépasse la symbolique, fis-je. C'est du romantisme. Aveugle. Enlever LOL ! J'aimerais voir la tronche du chevalier servant. C'est le retour à l'Amour Courtois. À l'époque des capotes goût fraise des bois ou vanille bourbon, c'est légèrement décalé, non ? Et si finalement, ce n'était que sexuel et que tout ça relevait de la mise en scène ?

— Toi bien sûr, dès qu'il s'agit de LOL, intervint Bernadette, tu ne peux pas t'empêcher de délirer.

— Finalement, c'est ton fantasme ! rigola Jakes.

— Et toi, Jean-Michel, coupa Geneviève, tu en penses quoi ?

— Ça peut être un moyen de pression pour accélérer le processus de paix et de remise des armes. KI participe à sa manière à l'opération. Exister sans marcher dans les pas d'ETA tout en obligeant la France à regarder de plus près ce qui se passe.

— De toute façon, intervint Maïté, nous n'allons pas attendre longtemps. Les instructions que va donner KI expliqueront sans doute sa démarche.

— Les Ibouriens! fit Bernadette en se levant, nous allons rentrer. Nous vous souhaitons une belle soirée.

Nous nous levâmes aussi.

— Et si nous allions à l'Atalaia? suggéra Geneviève.

Un « Bonne idée! » général, fusa.

L'Atalaia était un bar du vieux Ciboure, qui donnait sur la rue de la Fontaine à deux pas du fronton. Le mélange des générations en faisait un endroit vivant et convivial, rehaussé d'un sympathique comptoir où des tapas faisaient de l'œil aux estomacs. Ici, la philosophie de vie et de pensée rejoignait celle du Sud. On y était abertzale beaucoup plus que sur la place Louis-XIV.

Nous traversâmes le pont en compagnie de Jean-Michel et Maïté, avec toujours LOL au centre de la conversation. Nous longeâmes le port de Larraldenia avant de traverser le quai Ravel, bien moins animé que ce matin, pour nous diriger vers le fronton, avant de prendre à droite la ruelle qui menait à l'Atalaia. L'endroit bruissait d'une clientèle jeune et animée. Nous nous fîmes une place autour d'une table haute.

— Rueda et de quoi grignoter? nous fit Jean-Michel en abordant au comptoir.

Acquiescement, et il se chargea du liquide pendant que je l'aidais au transbordement d'une tortilla de patatas.

Suivie, quelques temps après, de gambas grillées de taille conséquente. Nous étions parés. Autour de nous, ça discutait ferme : LOL, bien sûr. Et KI. Surtout KI.

« Ce n'est pas trop tôt, disait l'un. Je croyais que KI allait laisser passer le train sans monter dans le wagon. » « Pourquoi s'emmerder avec LOL ? faisait l'autre. C'est le lehendakari – le président de la Communauté d'Agglomération Pays basque – qu'il aurait dû enlever. » « Mais non, c'est un acteur du processus, entendait-on aussi, ça aurait été négatif. » « C'est Bayrou qu'on aurait dû enlever, ajoutait un autre, un Béarnais, ça ne mangeait pas de pain. » « Surtout pas, expliquait encore un autre, personne n'aurait voulu le récupérer. »

Voilà où l'on en était pendant que nous décortiquions nos gambas. Pas d'apitoiement, une approbation plutôt, et ici aussi une ironie sous-jacente.

— Toujours cette question sur le choix de LOL, remarqua Maïté.

— Dits en d'autres termes, embraya Jean-Michel, ce sont les mêmes ressorts qui sont évoqués.

— Personne ne voit très clair quand même, ajouta Geneviève. C'est ce que je retiens en tout cas.

— LOL, Bayrou ou le lehendakari, fis-je, tout tourne autour du processus de paix et de la restitution de l'arsenal d'ETA. C'est la seule piste que nous ayons.

Je sortis mon carnet rouge et griffonnai quelques mots. La nuit était là maintenant, mais ne portait pas conseil pour autant. Tant pis. Notre quarteron de curieux se débanda dans la nuit cibourienne. Jean-Michel et Maïté à pied vers leur domicile, nous vers Larraldenia avant de gravir en voiture la colline enchantée.

Le chien nous accueillit, très Nestor à Moulinsart. Ce clebs n'était qu'un faux cul, finalement, faisant croire à sa patronne qu'il veillait au grain, alors que la plupart du temps il glandait dans une condescendance canine inconnue du grand Pavlov lui-même. À moins qu'il ne soit beaucoup plus fasciné par les cabriolets allemands que par les scooters italiens. Plus *Les damnés* que *La dolce vita*, quel con !

Nous nous votâmes un café-piston sur la terrasse, il faisait encore bon. Les questions traversaient notre esprit et se refermaient, sans réponse. « Pourquoi LOL ? » revenait en boucle.

Je n'avais aucune piste, Geneviève non plus.

— Rouletabille, et si nous allions faire autre chose que penser à LOL ? suggéra la magicienne, l'œil plissé.

— C'est ce que je pensais aussi, Madame L'Oréal, répondis-je dans un émoustillement peu contenu.

Elle gravit sciemment l'escalier devant moi. Savamment aussi. Le mollet galbé, la cuisse longue et veloutée – je le savais d'expérience – les fesses impertinentes dans un roulement léger. J'étais bien plus à envier que le geôlier de LOL. Je le savais, mais la nuit qui se profilait me le confirma encore une fois, impertinemment ponctuée de « Et ça, tu crois qu'elle le fait, LOL ? »

C'est sûr, ça, LOL ne le faisait pas. Ou alors personne n'aurait jamais dû voter pour elle.

Le matin faillit me surprendre. Un rayon de soleil dardait sur mes reins et je m'éveillai ravi du spectacle que le point du jour m'offrait. Ingres avait ouvert sa palette sur une Madame L'Oréal parfaite en grande odalisque encore endormie. Nacrée, satinée, palpitante, délicieusement tiède, je ne pouvais décemment passer à côté d'un tel tableau. La vieille chanson de Nancy Holloway battait à mon oreille :

T'en vas pas comme ça,
Sans me donner la moindre chance.
T'en vas pas comme ça,
En oubliant mon existence.

Oublier son existence, oh que non ! Je ne sais pas si c'était lui donner une chance, mais je commis le réparable. Baisers appuyés au creux des fossettes, énervement labial, lingual et dental sur des globes qui n'avaient rien d'oculaire, ce fut bien assez pour emporter mes résolutions et ma sacro-sainte habitude de quitter Circé comme un Ulysse peu reconnaissant : lutter contre la routine par une délicieuse frustration.

— Qu'est-ce qui t'arrive ? Tu restes ? gémit-elle doucement.

— Pas longtemps, fis-je dans un souffle.

Et c'était comme si tout recommençait. Ça, c'était Isabelle Aubret. Mais je n'y perdais pas au change, pardi ! Ça c'était Brassens. Bon, j'arrête là. Elle était belle la vie, non ? Nous en profitâmes un peu plus encore, à deux.

Il fallut pourtant que je me fisse violence pour ne pas prolonger ce moment au-delà du raisonnable : j'avais du boulot. Je quittai la couche de la magicienne, rassemblai mes fringues, m'habillai à la volée dans l'entrée, et parus au soleil. Je n'étais pas Caïn, ni œil, ni tombe à Bordagain, mais le chien était là, attentif et servile. Peut-être fallait-il matinalement honorer Madame pour avoir droit à la considération de son cabot. Un maquereau canin, voilà ce qu'il était. Son zèle stylé à mon égard me dégoûta. Enchanté de Geneviève, mais déçu du chien, je dévalai les rues étroites pour regagner Marinela et l'autre vie. Celle où tout n'était pas luxe, calme et volupté. Je changeai de tenue, troquant celle, un peu froissée, de l'amant comblé pour le bermuda, le tee-shirt et les claquettes s'accordant davantage à mon paseo matinal et iodé.

Socoa, fort, bain, digue, ma tétralogie maritime m'attendait avant d'attaquer une journée dont je n'avais aucune idée du bout par lequel j'allais la prendre.

Chapitre III

Lundi matin et après-midi

Pas d'orchidées pour Miss Lavie

Dûment transformé en waterman, je chevauchai mon scooter mais j'avançai dans une sorte de doute. Tout était flou en moi, je n'avais rien pour m'y projeter. Les contours de l'enlèvement de LOL avaient beau installer une omniprésence dans mon esprit, j'étais lent, indécis, à côté de moi-même. Je regardais mon intérieur de l'extérieur et ce que j'y voyais n'était qu'hésitation, irrésolution, indécision. Je ne savais où aller et tout était bon pour retarder le moment où je devrais faire le choix d'une direction pour attaquer mon enquête. Sans éclairage aucun, je lanternais, je musais sans m'amuser. Je prenais mon temps pour n'avoir pas à l'utiliser tout de suite puisque je ne savais toujours pas quoi en faire. Je regardais, je voyais, je m'appropriais le paysage, je m'abreuvais de détails pour me remplir de quelque chose. C'est ainsi que je franchis la passerelle de l'Untxin, suivis ses derniers mètres avant son jet dans la baie, traversai le parking des dériveurs, laissai les restaurants sur ma gauche, longeai le petit port, passai sous la porte fortifiée qui commandait le fort, et arrivai sur le parking à l'abri de la digue, au-dessus de la plage. C'est là que je laissai mon scooter avant d'emprunter l'ancien plan incliné du canot de sauvetage et de descendre jusqu'à l'eau. Malgré une rambarde de fer forgé et une pancarte due aux services techniques d'un département se voulant plus sécuritaire que restaurateur de ses ouvrages d'art. Peinte d'un « accès strictement interdit au public », comme s'il y avait des accès laxistement interdits, elle était le comble du ridicule administratif dans un lieu de vent, de mer et de liberté. Mais il était plus simple et facile d'ériger une barrière et de planter une pancarte que de conforter ce vestige de l'ancien abri du canot de sauvetage, de s'occuper de ses vieilles rides et de karcheriser dans sa partie basse, la mousse verte qui le rendait glissant au contact de l'océan et de ses marées.

Je plongeai résolument et nageai paisiblement au-delà du filet protégeant la plage, jusqu'à une bouée orange qui constituait mon point de retour. L'onde fraîche se fit salutaire pour mon petit corps encore délicieusement aux abois il y avait quelques minutes à peine. Pour les idées, c'était autre chose. L'immersion ne me valut rien. La déambulation qui suivit fut tout autant stérile. Les mouettes piailleuses, les goélands voraces et les moches cormorans continuaient leur ballet, m'en touchant un sans faire bouger l'autre. Hémisphère cérébral, bien sûr, comme aurait pu dire le président Correzac. La régénérescence matinale que m'offrait la digue s'arrêtait aux portes de mon cerveau, rien de frais et de nouveau n'y entrait. C'est donc d'un scooter circonspect et atermoyant, que je mis le cap sur Marinela pour attaquer sans repère une journée qui pourtant s'annonçait importante.

Je retrouvai mon domicile, la tête tout autant enguimauvée que quand je l'avais quitté. La douche me débarrassa du sel mais ne poivra pas mon esprit. La seule détermination qui m'habita fut celle que je mis à petit-déjeuner, c'était déjà ça, pendant que la radio ronronnait. Soudain, le jingle. Le même qui avait annoncé la disparition de LOL.

« Nous venons de recevoir un enregistrement, toujours dans une clé USB, disait le journaliste, qui contient les revendications de Kontraposoi après l'enlèvement de Liliane-Obier-Lavie, nous vous le faisons écouter. Voix nasillarde et étouffée, d'abord en euskara, puis en français : Nous avons enlevé Liliane Obier-Lavie pour attirer l'attention des États français et espagnol sur la situation en Euskadi. Le processus de paix est en marche et la restitution des armes constituant l'arsenal de l'ETA serait une réalité, si les gouvernements français et espagnol n'avaient pas adopté une attitude négative à l'encontre de ce qui est aujourd'hui indispensable pour qu'Euskadi vive, digne et apaisé. Les bonnes volontés existent en Euskadi et ailleurs, mais toujours pas dans les états français et espagnol verrouillés par des gouvernements cyniques, sourds et aveugles. L'heure n'est plus à la répression, mais à la négociation. Liliane Obier-Lavie, quand elle était députée de la VIe circonscription, celle du sud de la Côte basque, a appartenu à trop de ces gouvernements qui ont réprimé la juste lutte pour l'indépendance du Pays basque et ont tourné le dos à la discussion, même quand il ne s'agissait que de sa reconnaissance. Nous l'avons donc enlevée, nous la détenons et nous la libérerons vivante quand une rançon de 2,6 M€ nous sera versée. Cette somme correspond aux salaires que Liliane Obier-Lavie ou son suppléant ont touchés, pendant les cinq législatures où elle a été l'élue d'un territoire qu'elle n'a pas compris et donc mal défendu. Nous faisons grâce de ses salaires d'élue municipale, départementale et européenne, et de ses salaires de secrétaire d'État ou de ministre. Nous reprendrons le contact dans les heures qui viennent. Gora KI ! Gora Euskadi askatuta ! »

Moi qui ne savais pas où aller, j'étais servi. Mais ce coup-ci, je ne laissai aucune chance aux œufs, au bacon et au thé qui constituaient mon tremplin pour attaquer la journée. Je fis ensuite ronfler Internet pour récupérer le texte de KI et l'imprimer. Il était 11 h passées et j'avais enfin une feuille de route.

C'est donc bien l'élue locale qui était visée. Maïté avait raison, KI faisait dans la symbolique, sans cependant oublier qu'il luttait en Iparralde, le Pays basque nord. Mais il épinglait également LOL pour son opposition à la création d'un département Pays basque : « Liliane Obier-Lavie… a appartenu à trop de ces gouvernements qui ont réprimé la juste lutte pour l'indépendance du Pays basque et ont tourné le dos à la discussion, même quand il ne s'agissait que de sa reconnaissance. » L'indépendance du Pays basque n'était pas celle d'Euskadi, cette différence de dénomination n'était pas une étourderie de KI. Quant à la reconnaissance du Pays basque, elle était là pour rappeler, en son temps, l'opposition de LOL.

Il était l'heure d'appeler Petit Poulet qui devait être sur les charbons ardents. Il ne fut pas trop long à la détente.

— Défenseur du citoyen et des finances publiques, as-tu commencé à faire la quête ?

— Je crois que ma reconversion en chaisière, ce sera pour une autre fois, Xanti. Pas de rançon. Point. C'est la tendance que l'on veut suivre en haut lieu.

— Tu as eu les parents Lavie ?

— Je les ai appelés avant que le communiqué ne passe à la radio. La mère s'est étranglée de rage que l'on demande une rançon pour sa fille comme pour une vulgaire héritière kidnappée par la maffia. Une revendication purement politique lui aurait mieux convenu.

— La famille a décidé de payer ?

— Pour le moment, ce n'est pas à l'ordre du jour chez les Lavie, parce qu'ils attendent de connaître la décision que le PRP prendra et l'attitude du Gouvernement. Je n'en sais pas davantage. Et ce n'est pas ici que la décision sera prise.

— Et BAL, qu'est-ce qu'il en dit ?

— Il était encore chez les Lavie quand je les ai appelés. Ils me l'ont passé. Lui aussi est furieux de cette demande de rançon.

— Il s'attendait à quoi ?

— À quelque chose de plus politique, de plus clair. En tout cas, ça va se discuter au sein du PRP et la famille, afin d'afficher une position commune face aux ravisseurs, mais aussi face au Gouvernement. Le PRP est dans l'opposition, ça compte aussi. Mais il était encore trop tôt et BAL n'a pas pu en discuter avec les dirigeants du parti. Il le fera dès son retour à Paris. Pour ce qui est de la famille, il est hors de question de céder au chantage, lui a bien précisé Bernadette Lavie.

— Et lui, a-t-il un avis différent ?

— Sa position est particulière. Il y a la politique, mais LOL est sa compagne et il est un peu désorienté. C'est ce que j'ai ressenti. Comme s'il était dépassé.

— Il y a de quoi quand même.

— Oui bien sûr, désorienté mais surpris. Comme s'il n'avait pas eu le temps d'y réfléchir depuis hier. Tu ne risques rien à m'appeler tout à l'heure.

— Ciao ciao, Petit Poulet.

Ça commençait à prendre tournure, cette histoire. D'abord la sémantique de KI, ensuite le refus de cracher au bassinet pour la libération de LOL. Il ne manquait plus que Claude François pour susurrer « Pauvre petite fille riche », cette chanson qui figurait dans l'album « Si j'avais un marteau ». Le marteau, c'est KI qui l'avait. Allait-il s'en servir pour taper fort sur la tête ou s'en contenterait-il pour fracturer le tiroir-caisse ? Et qu'arriverait-il dans le cas d'un refus de payer la rançon ? Ma vacuité matinale n'était même plus un souvenir, oubliée. Et ce n'est pas une feuille de route que j'avais reçue, mais tout une rame de papier bien calée pour nourrir les rotatives. Quant à la route, c'était une nationale, c'était une deux-voies, c'était une autoroute ! Que disais-je, une autoroute ? C'était un échangeur californien ! De quoi largement se perdre en conjectures, en tout cas. Si j'avais pléthore de pistes à emprunter, il me fallait trouver un angle original pour les explorer. Je ne l'avais pas encore trouvé, mais ça viendrait, j'en étais sûr. J'avais maintenant des impatiences dans la tête. Comme si une sévillane avait pris mon cerveau pour un tablao et jouait du talon sur mes circonvolutions. Et il me semblait aussi entendre les palmas ponctuées de olés nasillards et rauques. Comme Monsieur Le Trouhadec par la débauche, le duende me saisissait : et si j'allais boire un fino ? ou autre chose. Ma mélancolie du matin avait fait place à une appétence délurée. J'avais envie d'entrer ou de sortir par les fenêtres, le pied léger et l'esprit frizzante comme un lambrusco. Je ressentais au fond de moi cette oppression légère cerclant gaiement mon thorax, comme lorsqu'on attend un cadeau ou un bon moment. Il était trop tard pour glaner quoi que ce soit sur le quai Ravel, aussi je piquai des deux, direction la place Louis-XIV et son décor d'opérette. Sur le parking du port, mon platane n'attendait que mon scooter. Autour du guéridon à gauche de la terrasse du Majestic, ma tribu ne m'attendait pas plus que ça, mais me fit une place. Etché, Nico le Briviste et Robert de Socoa buvaient du rosé : pléonasme.

— Messieurs je vous salue, fis-je à l'adresse de ce public réduit mais connaisseur. Un petit béret circulera à la fin de la séance afin que chacun participe selon ses moyens au paiement de la rançon de LOL.

— Si c'est pour dire des choses désagréables, commença Robert, tu peux passer ton chemin.

— Désagréable au pas, va chercher un verre, m'intima Etché, toujours scout quand il s'agissait de lutter contre la soif. Après, tu nous raconteras.

Je m'exécutai sur le champ et revins outillé pour affronter l'adversité.

— Bon, embraya Nico, si tu nous mettais au courant ?

— Vous avez tous entendu le deuxième communiqué de KI. La tendance, et c'est un scoop, est au non-paiement. Mais tout peut aller très vite. Cela dit, si vous connaissez un endroit où KI peut séquestrer LOL, je suis preneur.

— Tu crois qu'elle est ici ? demanda Etché.

— Déjà, la garder, ça ne doit pas être folichon, continua Robert, alors circuler avec, je ne te dis pas.

— Tu es dur avec cette femme, intervint Nico.

— Si elle est au Pays basque, reprit Etché, il n'y a pas trente-six endroits. C'est à la campagne qu'elle sera le mieux cachée. Pas à la ville comme Bayonne ou Biarritz, trop risqué. Pas à la montagne non plus, il n'y a pas assez de routes pour s'échapper. La campagne, c'est champion : pas trop loin de tout, tu peux circuler en toute discrétion, il n'y a pas de voisinage, tu peux passer par plusieurs endroits pour aller quelque part.

— Etché, tu fais partie de KI ou quoi ? s'étonna Nico. On dirait que tu as fait ça toute ta vie.

— Non, mais je suis de la campagne, voilà pourquoi c'est là que je la cacherais.

— Oui, mais la campagne c'est grand, souligna Robert, ça ne nous aide pas beaucoup, la campagne.

— Je ne suis pas là pour aider qui que ce soit, ce n'est pas mon métier, moi je tiens un restaurant. C'est juste pour donner une piste à Xanti.

— Je te remercie Etché, dis-je, mais Robert a raison, c'est grand la campagne.

— Moins grand que tout le Pays basque en tout cas. Moi, je ne la cacherais ni en Soule ni vers la frontière, ni sur la côte. Ça réduit la surface, non ?

— Il te reste quand même le Labourd et la Basse-Navarre, avança Robert.

— Oui, mais une partie du Labourd seulement, pas la côte. Et une partie de la Basse-Navarre, du côté de chez Xanti là-bas, vers Saint-Palais.

— Ça se tient, Etché, fis-je, mais le chantier est vaste.

— Tant qu'on ne sait pas en combien on joue poursuivit Robert, c'est compliqué. KI n'a pas donné de date butoir, si je me souviens bien : 10 à 0 en 50, ça peut se jouer ; 10 à 0 en 40, c'est encore possible ; 10 à 0 en 35, il faut s'accrocher ; mais 10 à 0 en 22, c'est compliqué. Belle partie à remonter en tout cas. Xanti, tu as du pain sur la planche.

Et nous du rosé, car Nico venait de servir une balle neuve. Nous lui fîmes un sort. C'était d'ailleurs le lot de toutes les bouteilles qui croisaient notre chemin.

— Thon et piments, annonça Etché après avoir téléphoné à son cuisinier, on nous attend dans un quart d'heure.

La conversation courut sur son erre, entraînant dans son sillage la bouteille de rosé qui avait fini d'être ballotée par notre soif. Etché siffla la fin de la récré.

La table ronde à gauche de l'entrée du Brasero nous attendait. Nous commençâmes par une salade de gambas à la mousquetaire : flambées à l'armagnac sur un lit de frisée recélant des croûtons – on pouvait y ajouter du foie gras. Accompagné d'un Pessac-Léognan, le thon disparaissait sous les piments et l'oignon confit. La conversation baissa donc d'un ton, l'actualité LOLesque pouvait bien attendre. Les traditionnels rogatons de fromage réservés aux amis clôturèrent l'envoi ainsi que le Pessac-Léognan. LOL, telle Cléopâtre apparaissant aux pieds de César dans un déroulement de tapis hautement suggestif, surgit à nouveau dans la fumée du café. Nous avions fait nôtre la théorie d'Etché et nous passâmes le Pays basque au crible pour envisager où KI pouvait bien retenir LOL. La campagne, finalement, c'était grand. L'armagnac n'allant pas tarder à prolonger l'après-midi en version mousquetaire, je quittai cette docte assemblée, j'avais du boulot.

— Nous t'avons aidé du mieux qu'on a pu, termina Robert.

Je retrouvai ma monture au pied du platane et je pris la direction de Marinela où m'attendait l'affaire Liliane Obier-Lavie.

C'est sans tarder que je me mis en configuration laborieuse. Je relus mes notes et les classai en écoutant, pour me donner du cœur, les grands chœurs d'opéra : *Aïda*, *Nabucco*, *Carmen*, *Le Trouvère*, *Rigoletto*, *Cavalleria rusticana* ou *Le Prince Igor*. C'est ainsi, que sur les portées de Verdi, Bizet, Mascagni, Borodine et quelques autres, je me laissai emporter vers 17 h, l'heure à laquelle je devais appeler Petit Poulet.

— Quoi de neuf docteur ? persiflai-je quand il décrocha.

— J'ai de nouveau eu BAL, le PRP a convoqué le Bureau Politique en urgence cet après-midi et la décision a été unanime : pour le pognon, c'est niet.

— Et BAL ?

— Il se plie à la décision mais ne l'approuve pas, car le PRP va simplement se fendre d'un communiqué exprimant son indignation devant les pratiques maffieuses de KI et l'apathie d'un gouvernement à l'attitude trop laxiste. Et disant son refus de payer la rançon. Classique.

— Il a contacté les Lavie ?

— Il leur a fait le compte-rendu de la réunion, mais lui et les Lavie n'ont rien envisagé pour le moment.

— Et vous ?

— On marche sur des œufs, Xanti.

— Tu n'as pas reçu de renfort parisien pour booster l'enquête ?

— Rien. Je crois que c'est un bâton merdeux, et que personne ne veut le prendre. Ni le PRP, ni le gouvernement. Pour le moment, c'est à moi de m'en débrouiller et j'aime autant ça qu'avoir en permanence un excité de l'anti-terro dans les pattes, qui confondrait Beyrouth et Béhorléguy. D'autant qu'on ma confirmé en haut lieu que je pourrai disposer de tous les moyens dont j'aurai besoin. Voilà où l'on en est.

— Je t'appelle demain en fin de matinée. Merci et ciao ciao, Petit Poulet.

Pour le coup, c'est sûr, j'en avais des trucs à écrire !

Et je commençai par *La Gazette*, oui, toujours. C'est le bâton merdeux évoqué par Petit Poulet qui me fournit l'angle d'attaque. L'enlèvement de LOL, s'il avait rapidement mobilisé le PRP, n'avait pas l'air d'avoir galvanisé ses énergies : un communiqué étant le service minimum en la matière. L'attitude du PRP avait beau avoir été coulée dans le bronze de l'intransigeance, sa réaction ou plutôt sa non réaction, faisait mou du genou.

Quant à la famille, elle ne se montrait pas d'un enthousiasme débordant pour lâcher la galette. Pour ce qui était de BAL, c'était la Normandie qui gouvernait : peut-être ben qu'oui, peut-être ben qu'non. C'est ce contexte où les faux-semblants annonçaient sans doute l'ouverture du bal des faux-culs, que j'éclairai particulièrement : après vous, cher ami, semblait-on se dire partout. Mais je me servis aussi de nos réflexions apéritives pour évoquer le lieu de détention de LOL. Sans oublier la sémantique de KI. Je titrai : « Pas de rançon pour LOL », et j'envoyai. Il serait temps demain de s'inquiéter du sort de LOL en cas de non paiement. Je préparai mon papier pour *Le Parisien* avant d'appeler Roland à *La Gazette*.

— Xanti, tu as toujours un coup d'avance. Je n'ai pas encore entendu le communiqué du PRP. Je vais garder ton titre pour la une et on va bloquer la page 3.

— Je te laisse, j'ai *Le Parisien* à fournir, à demain. Ciao ciao Roland.

La radio qui babillait depuis que Petit Poulet m'avait parlé du communiqué, émit le fameux jingle avant d'annoncer le communiqué du PRP : un copier-coller de ce qu'avait dit BAL.

Le Bureau Politique du PRP fut donc au centre de mon papier. Son bloc autour du refus de payer la rançon, mais aussi sa réaction a minima illustrée par le communiqué. L'attitude de la famille Lavie et celle de BAL complétèrent mon tour d'horizon parisien. Mais je soulignai aussi le fait que personne issu des sphères parisiennes de la Maison Poulaga n'avait été envoyé au Pays basque pour superviser l'enquête. Je n'oubliai pas non plus l'inconfortable position qui était celle de Bal, membre important du PRP et compagnon de LOL : comment dit-on « le cul entre deux chaises » en langage parlementaire ? Je titrai : « Rançon de LOL, le PRP dit non », et j'envoyai.

Je rangeai mes notes et mon bureau et j'appelai *Le Parisien* où Kattalin était sur la dunette.

— Xanti, tu es bien informé, le communiqué du PRP vient à peine de tomber.

— Au Pays basque, nous allons plus vite que le vent, tu devrais le savoir Kattalin.

— Je l'oublie toujours, dit-elle en riant.

— Je suppose que vous avez les photos qu'il faut. Par contre, pour trouver où elle est, LOL, ça va être plus compliqué. La partie ne fait que commencer.

— Toujours 2 500 signes, mais ciblé sur le Pays basque, c'est le souhait du rédac-chef. Il a mis une équipe sur le coup ici. À demain Xanti.

— OK, Kattalin, à demain, je t'embrasse.

Voilà une journée qu'elle avait été bonne ! Il n'était pas loin de 20 h, j'avais aussi mon rapport à faire à Bordagain.

Chapitre IV

Lundi soir et mardi matin

Raide, Le Roseau

J'appelai la magicienne.

— Rouletabille, j'attendais ton appel.

— Madame L'Oréal, n'attends plus, me voilà. J'enfourche mon coursier, je traverse Ciboure, je grimpe les degrés de la colline enchantée. Compte jusqu'à 300 et je dévale ton escalier magique, je me jette à tes pieds, boum boum badaboum, je suis là !

En presque moins de temps qu'il ne faut pour le dire je me présentais aux portes du paradis sous la truffe distante du chien qui me regarda passer. Charon, le nautonier des Enfers, accompagnant les morts pour un funèbre cabotage, des rives de l'Achéron à celles du Styx, avait un autre savoir vivre : au moins était-il prévenant. Ce chien qui m'avait considéré ce matin comme un hôte important de cette maison, affichait ce soir une morgue de mauvais aloi : il devait se prendre pour un passager permanent de l'Orient Express invité à la table d'Hercule Poirot. Il fallait quand même qu'il fasse gaffe à ses os le jour où on le fera descendre au terminus des prétentieux.

J'envoyai mon spécial à la sonnette et, fidèle à mon annonce, je dévalai les escaliers pendant que, d'une voix caverneuse, Circé égrainait, inexorable : 297, 298, 299…

— J'ai failli attendre, me lança-t-elle maintenant suave, Juliette Récamier languissant sur son divan, bermudée et chemisée façon Sahara, chèche et sirocco en moins.

Me relevant, car en plus de dévaler l'escalier, je m'étais jeté à ses pieds, ce qui était dit était dit, je lançai théâtral, les bras levés façon Général :

— J'ai fait de mon mieux, ma spécialité n'étant pas de faire attendre les dames.

— J'aime quand tu fais des étincelles, avoua-t-elle, très Marie Laforêt à Belmondo dans *Les Morfalous*.

Je pris place à ses côtés, là où d'une main veloutée mais ferme, elle avait tapoté les coussins.

— Alors raconte, fit-elle en faisant froufrouter du txakoli dans nos verres.

Ça pouvait commencer.

Je ne parlai pas de mon début de journée sardanapalesque, elle y était aussi. J'attaquai directement par la demande de rançon dont le montant correspondait aux salaires de LOL en tant qu'élue de la République. Ensuite la façon de KI de se positionner, en retrait du front des négociations, mais en détonateur pour accélérer le processus. Puis la réaction des parents Lavie et celle de BAL. Le coup de fil à Petit Poulet, bien sûr, et enfin la tendance à la pingrerie qui se dessinait : personne ne voulait payer. Ni la famille, ni l'État, ni le PRP. LOL ravie, les autres le semblaient aussi. C'est du moins ce que je relevai, puisque l'enlèvement ne mobilisait pas plus que ça, une sorte de bon débarras général. LOL était en train d'expérimenter une triple solitude : physique, morale et financière. Eh oui ! puisque tout le monde autour d'elle avait des oursins dans les poches.

— Je n'aimerais pas être à la place de LOL, commença Geneviève, à la fin de mon récit. Tout le monde la lâche, y compris sa famille, semble-t-il.

— Sa famille a le cul entre deux chaises. Et ce que nous savons des réactions des uns et des autres n'est que la partie visible et politique de l'iceberg. Des contacts, officiels et officieux, vont se nouer, c'est sûr. Wait and see, disent les British.

Conjectures, conjectures. Nous n'avions que ça à nous mettre sous la dent. Et le txakoli sur la lippe. Nous avions de la ressource, comme toujours, et des gambas made in Chakola aussi.

— Rouletabille, c'est énorme, 2,6 M€ !

— Elle les a touchés, et elle n'a pas tout dépensé, sois tranquille.

— Les prochaines heures ne vont pas être roses pour toi, enchaîna-t-elle. Le secret va prévaloir et les infos seront rares. Même Petit Poulet ne te sera que d'une utilité réduite, il ne pourra pas te dire tout ce qu'il sait sur les négociations en cours.

— Oui. Attendre, c'est certain. Voir, c'est autre chose.

— Il te reste malgré tout une carte à jouer.

— Ah oui ! Laquelle ?

— Celle des militants PRP locaux. La décision de ne pas cracher au bassinet n'est peut-être pas celle qu'ils auraient prise. Tout n'est pas tout à fait perdu, Rouletabille. Aie l'œil sur les militants du Roseau.

Créé par Liliane Obier-Lavie sa présidente, Le Roseau était un micro parti à sa dévotion et à sa gloire. Une façon de mettre du beurre dans les épinards et surtout des sous dans les caisses pour faire bouiller la marmite électorale. Le Roseau était un courant du Parti Républicain Populaire se réclamant du gaullisme, son délégué général était Bernard Amiot.

Le roseau plie mais ne rompt pas, c'est bien connu. Il pense aussi, disait l'autre. Même si celui de LOL, c'était avec les pieds, raillait-on. Le bon Jean, le vieux Blaise, avec de tels parrains il aurait pu rêver à des lendemains radieux. Aujourd'hui, il prenait la foudre. Au même rang que les chênes qu'on abat, voilà où il en était, Le Roseau !

— Madame L'Oréal, que ferais-je sans toi ? Tu as raison, C'est vrai que Le Roseau peut se révéler une alternative pour glaner des infos et faire pièce au black-out qui s'annonce. Il me fournira un intéressant plan B en attendant que les lignes bougent.

— Moi, c'est mon estomac qui bouge. La cuisine, et pas électorale, t'attend. Il y a de quoi faire une salade et plus si affinité. Et j'ai même du russe.

Il y eut affinité. Cogollos, ventrèche de thon, maïs et oignon blanc n'attendaient que moi. Mais aussi des lomos de morue et des pikillos en tiras. Olé, olé y olé ! Geneviève en terrasse et à la mise en scène, moi en cuisine et à la mise en bouche, notre duo tenait la route. Une route ponctuée de petites pauses txakoli qui nous la jouaient fraîches et pétillantes. Ça n'allait pas tarder à être prêt, la magicienne pouvait allumer les lumignons. Sur une table où le classique écru y allait de ses rayures marine et rouge basque : ici tout n'était que charme et beauté, luxe calme et volupté. Et Bach qui concertait pour deux violons. Ah, Bordagain !

— Tout ceci me va très bien, commença-t-elle, posant sa main sur la mienne et faisant craquer l'oignon de ses dents nacrées. C'est bon de t'avoir là. Et en plus tu cuisines.

— En plus de quoi ? fis-je amusé.

— Tu le sais bien, murmura-t-elle les yeux froncés et le front plissé.

J'avais déjà remarqué que la magicienne était boutonnée bas, sa chemise laissant entrevoir un début de poitrine légèrement gouverné par un écrin de dentelle blanche. Madame Récamier avait-elle la libido qui tenait salon ce soir ? Nos impromptues vocalises matinales n'y étaient sans doute pas pour rien. Peut-être l'avaient-elles appelée à aspirer plus fort encore que d'habitude, au concert du soir qui, j'en étais sûr maintenant, aller faire donner tout l'orchestre, du mirliton au timbalier, pour des morceaux de bravoure dont nous avions le secret. Ce soir c'était sûr, « Nessun dorma », Geneviève ne dormira pas, moi non plus. Et je résoudrai les énigmes, Turandot n'avait qu'à bien se tenir. Elle se tiendra bien, c'était sûr aussi.

Je vous préviens, le premier que j'attrape en train de chuchoter, papoter, bavarder ou quoi que ce soit, je le fous à la porte de ce bouquin avec un rapport de chez Monsieur Vaudois. Si, si, je sens que ça commence. Comment ! ils sont en train de manger et ils pensent à la bagatelle, encore ! Ce matin ça ne leur a pas suffi. Il n'y a que ça dans cette histoire. Voilà ce que certains ressassent. Eh bien il n'y a pas que ça, comme vous dites ! Il y a aussi La Fontaine, Pascal, Malraux, Hugo, Bach, Madame Récamier, Puccini, pas trop connus pour être des stars du X, non ? Mais, j'en conviens, Geneviève et moi, nous sommes prompts au déduit, et avec nous, souvent, la jonction crée l'orgasme, c'est l'un des grands plaisirs de la vie. De la nôtre en tout cas. Pas de la vôtre ? Alors je vous plains. Mais n'en dégoûtez pas les autres. Et focalisez-vous sur autre chose, il y a de quoi. Aidez-moi plutôt à retrouver LOL. Ça, ça m'aiderait. Ah ! vous n'avez aucune idée. Alors laissez-moi faire et laissez-vous faire. Je l'écris pour vous ce bouquin, alors détendez-vous et profitez-en.

La morue vint à point pour clore cette épisode manuel de peau à peau. Dorée, craquante, celle de la morue enchanta nos papilles, tout comme sa chair sucrotée par les pikillos qui l'accompagnaient. Le russe ne fut pas une Bérézina, croyez-moi ! Brûlant, le café-piston acheva de consumer le peu de nous qui restait encore tiède. Nous avions autre chose en tête. En tête, peut être que la localisation était erronée.

Nous débarrassâmes la table et rangeâmes la cuisine dans une ambiance plus que légèrement enfiévrée. Geneviève s'attarda à farfouiller dans l'évier, cambrée comme une hétaïre, la chute de reins éloquente. Appel aux sens. Et pas interdits. Je m'approchai les mains gourmandes, la retournai vers moi et m'agrippai à elle comme une operne à son rocher, doigts harpagonesques sur le haut de ses cuisses, pouces chercheurs sur les crêtes iliaques. Appuyés contre le plan de travail, bouches en fusion une pieuvre dans chaque langue, cherchant l'air, nous étions rauques'n roll : ça balançait pas mal en effet. Proches de la sortie de route, nous brisâmes là. L'escalier nous vit le monter au pas de charge, dans une sarabande tenant et de *L'Apprenti sorcier* et de Benny Hill. Il n'y eut pas de préchauffage, nous partîmes au galop dès le premier coup d'éperon. La nuit fut violente, savante, étonnante, exténuante, enivrante, dévorante, vivante. Et le matin vint vite, trop vite. Il nous trouva tirebouchonnés, tordus, essorés, moulus. Frémissant et encore voluptueux, j'embrassai les fossettes peu communes et quittai le champ de bataille qui n'avait consacré ni vainqueur ni vaincu, mais des combattants allés chacun au bout d'eux-mêmes et de l'autre. Dieu que la guerre est jolie quand elle ne fait que des morts de fatigue !

Je m'habillai à la diable dans l'entrée, avant d'enfourcher mon scooter. Le chien ne donna pas signe de vie : prude, jaloux, endormi ? allez savoir ! Je descendis vers le deuxième monde, encore ébouriffé de plaisir. Pour moi il y avait quatre mondes : le premier, dans lequel je vivais avec Geneviève, le deuxième que je partageais avec mes semblables, le tiers monde qui était ce qu'il était et dont je n'avais pas une expérience significative, et le quart monde qui commençait à apparaître à la remorque du précédent. L'intermède marin et fortifié qui donnait le tempo à mes journées s'avérait plus que jamais indispensable ce matin, tant j'avais donné et reçu.

Le fort de Socoa appuyait toujours son coude de pierre à l'ouest de la baie de Saint-Jean-de-Luz/Ciboure, quand je déboulai, scooter faisant, au-dessous de la villa Leihorra, bijou Art-Déco fiché comme un ferret à l'aplomb du boulevard Pierre-Benoît. Je descendis le plan incliné de la plage, le slip en langage nautique, puisqu'il était fait pour faire glisser les bateaux dans ou hors de l'eau. Je plongeai dans l'onde fraîche avec entrain. Ni Johny Weissmuller, ni Esther Williams quand même, faut pas déconner non plus. Ouf! Je sentais tous les centimètres carrés de ma peau et tout ce qu'il y avait dedans, s'animer, se réanimer, fonctionner avec une régularité retrouvée quasiment émolliente : après l'essoreuse, la planche à repasser. Fœtus conséquent allongé sur le dos, je me laissai balloter au fil du clapot léger qui friselait la baie. Je ne faisais rien mais je planchais quand même : qui allais-je tenter de joindre avec succès ? Je penchai plutôt pour Le Roseau, la famille Lavie me paraissant un tantinet inaccessible pour le moment. C'est donc en pensant au Roseau que j'arpentai la digue. Aller-retour sous les criailleries de l'engeance emplumée se balançant au vent. Ronronnant du scooter, je rentrai chez moi. Douche, petit-déjeuner sérieux, j'étais prêt. Et le mardi à Saint-Jean-de-Luz, c'était marché. Et donc c'était gens, discussions, commentaires, nouvelles et ragots. De quoi alimenter la chronique, toutes les chroniques. Mais aujourd'hui, ce serait sûrement LOL. Fouette cocher !

Je garai ma monture au milieu des autres, au coin de l'avenue Labrouche et de la rue du Maréchal-Harispe. L'ambiance fruitière, légumière, charcutière et fromagère bouclait les Halles d'une ceinture de gourmandise. Aux terrasses, fumaient les cafés. Bingo ! La journée commençait sur les chapeaux de roues. C'est en regardant vers la Bodega des Halles que je l'aperçus. Raoul Leporello, chargé de mission départemental du Roseau, une place forte du mouvement forte de six cents membres dont il maniait le pont-levis avec autorité. Et quand on attaquait le donjon, il était le premier, frappant et de taille et d'estoc tous ceux qui en voulaient à ses couleurs : un sacré capitaine d'armes, Leporello ! Sur un bâtiment corsaire, il aurait fait un redoutable bosco, rugueux aux abordages et scrupuleux sur le partage des parts. Entouré d'un petit groupe, il occupait un bout de trottoir devant une tireuse à biffetons. Je m'approchai. En me voyant arriver il se décala vers moi et commença :

— Vous êtes Xanti Sopuerta ?

— Oui, souris-je.

Je savais qui il était.

— J'ai lu vos articles, attaqua-t-il. Qu'est-ce qui vous autorise à écrire qu'on ne paiera pas pour la rançon de Liliane Obier-Lavie ?

Direct, le type ! Pas de présentation, tout de suite en tronche, Raoul.

— Eh bien ! vous pouvez vous douter que j'ai mes sources, répliquai-je.

— Elles sont fausses.

— Qu'est-ce qui vous autorise à l'affirmer ? continuai-je, de plus en plus amusé.

— Il n'a jamais été question de ne pas payer.

— Où ? Ici ou à Paris ? Le communiqué du PRP est explicite, non ? Service minimum : on ne paye pas. À moins que vous ayez des nouvelles ultra fraîches, c'est la tendance qui se dégage.

— Ce n'est pas ce qu'a fait savoir le PRP.

— Ne jouons pas sur les mots, voulez-vous. L'indignation, la levée de boucliers, timide, vous en conviendrez, c'est pour les médias. La vraie question, le pognon de la rançon, n'a pas encore été évoquée, encore moins développée. Ni au parti, ni dans la famille. Le Roseau a peut-être quelque chose d'autre à proposer ? Ça tombe bien, je suis tout ouïe. Et *La Gazette* est preneur, bien évidemment.

— Vous n'avez même pas contacté la famille, lança-t-il sous forme de reproche.

— Non, mais je vous ai, vous, c'est un peu pareil, non ? Je vous écoute. Vous en pensez quoi, de tout ça ?

— Je ne peux parler qu'au nom de la section départementale du Roseau.

— C'est ça qui est intéressant, justement. Vous avez eu des contacts avec le PRP ? Quelle est votre position ?

— Je ne peux pas m'exprimer là-dessus.

— Vous êtes donc comme les autres, mou du genou.

— Ah non ! Nous n'écartons aucune éventualité.

— Seuls ou en concertation avec Paris ?

— Localement, nous avons carte blanche.

— Pourquoi faire ?

— C'est encore trop tôt.

— Monsieur Leporello, ça sent la langue de bois. Ce n'est pourtant pas votre genre. Que m'autorisez-vous donc à écrire ? Que vous n'approuvez pas la position du PRP national et que Le Roseau des Pyrénées-Atlantiques va prendre des initiatives ?

— Je ne vous ai jamais dit ça. N'allez surtout pas l'écrire, c'est faux.

— Alors j'écris quoi ? Qu'autant à Paris qu'ici, c'est le flou le plus total et que tout le monde s'en fout un peu de LOL ? C'est du moins ce que je ressens en vous écoutant tous.

— Nous, nous ne l'abandonnerons jamais.

— Donc il y en a qui y songent déjà. Ça va donc être chaud dans les jours qui viennent.

— Vous pouvez le dire. Et même l'écrire.

— Vous savez ce qu'on va faire, monsieur Leporello ? Je vais vous donner mon numéro de mobile et vous allez me donner le vôtre. J'ai la nette impression que nous sommes appelés à nous revoir.

— D'accord. Comme ça je pourrai vous engueuler en direct.

— Si vous voulez, l'essentiel c'est que nous nous parlions.

Il essaya de me broyer les phalanges lors de la robuste poignée de mains qui conclut cet échange verbal et numérologique. Incorrigible Raoul !

Je l'abandonnai au milieu des siens et des senteurs potagères. Je sortis mon carnet rouge et j'y griffonnai quelques notes.

— Xanti !

Ça venait de la Bodega des Halles. Les œnophiles associés avaient fait l'anschluss du coin de comptoir près de la fenêtre, je les voyais. C'est Ramon qui m'appelait. Je ne les fis pas attendre.

— Messieurs, je vous salue, fis-je pour commencer.

— Qu'est ce qu'il te voulait Leporello ? commença Michel. On aurait dit qu'il t'engueulait.

— Il était parti pour ça, oui. Mais ça tombait bien, je voulais contacter Le Roseau et c'est Le Roseau qui est allé à moi.

— Tu prends quelque chose ? s'enquit Ramon.

— Comme vous alors.

— Un La Clape rouge, une AOC Languedoc, il n'est pas mal, expliqua Patrick, la garrigue épicée dans ton verre.

— Et LOL ? demanda Dédé.

— LOL, elle a du souci à se faire, personne ne veut cracher au bassinet. Ça énerve Leporello, mais il ne veut pas le reconnaître. Les huiles nationales et les huiles locales n'ont pas le même temps de cuisson. Leporello est déjà bouillant. À Paris, ils sont simplement pil pil, ça mijote.

— Et la famille ? fit Ramon.

— Apparemment, ils ne veulent rien lâcher non plus. Je pense que ça va continuer

— Et KI ? risqua Patrick.

— Voilà une question qu'elle est bonne, fis-je. Est-ce qu'ils vont avoir la patience d'attendre ?

— Ils sont obligés, continua Ramon. Ils ne vont pas la flinguer en plein pourparlers de paix. Ça serait contre productif et tout repartirait pour plusieurs tours.

Le soleil du Languedoc finit par se coucher au fond de nos verres, il était bientôt midi et notre petite troupe s'égaya. D'un coup de scooter je fus sur le port pour appeler Petit Poulet dans le calme du quai.

— Valeureux mainteneur de l'ordre, reçois mes salutations distinguées. Qu'as-tu pour moi aujourd'hui ? commençai-je.

— Pas grand-chose hélas, Xanti. Sur l'enquête elle-même, rien de nouveau, aucune piste. Sur le paiement de la rançon, rien non plus. Cet enlèvement emmerde tout le monde, c'est la seule chose de notable. Mais j'ai intérêt à me bouger. S'il arrive le moindre pépin à LOL, c'est moi qui vais porter le chapeau, c'est réglé comme du papier à musique. La retrouver, on s'en fout un peu en haut lieu. Il ne faudrait pas qu'on l'abîme, c'est ça qui les préoccupe. Voilà ce qu'on m'a fait comprendre. Tu parles d'une feuille de route.

— Tu as eu la famille ou BAL ?

— Non, pas depuis hier.

— Je suis tombé sur Leporello au marché. Il y a du tirage entre le PRP parisien et Le Roseau d'ici. Il enrage, mais il se contient. Pendant combien de temps ? Car il va finir par péter un câble le doux Raoul. Le petit père Marius à Anglet aura bien du mal à tenir ses troupes. Ça bataille au PRP, et l'ordre règne moins que d'habitude, semble-t-il. Ai-je le droit d'écrire que, question enquête, tu es un peu le capitaine abandonné ?

— Pas l'écrire comme ça, mais le faire sentir. Tu sais faire, ça. C'est le préfet qui m'a gentiment rencardé, ne va pas le mettre en porte-à-faux.

— Ne t'inquiètes pas. Je t'appelle tout à l'heure, Petit Poulet.

— On fait comme ça, Xanti.

Il était un peu tôt pour me risquer place Louis-XIV. Aussi, je repassai le pont et je me mis au turbin. Étudier l'organisation du PRP en province en général et dans les Pyrénées-Atlantiques en particulier et les liens avec la direction nationale : qui faisait quoi et où. Idem pour Le Roseau.

Chapitre V

Mardi après-midi et soir

Aux oubliettes

Les atermoiements quant au paiement de la rançon, c'était bien joli, mais il me fallait penser aussi à l'enquête sur l'enlèvement proprement dit. Tourner autour de KI comme un squale autour d'un surfeur sud-africain sur une plage du Cap. Je n'avais pas les dents longues, et surtout personne dans qui les planter. Pourtant, ma joute avec Leporello m'avait donné le gnac – du gascon gnaquer qui veut dire mordre, un gnac étant un coup de dent, qu'on donnait le plus souvent dans un sandwich qu'on partageait au travail, en plein air ou sur les chantiers, la niaque n'étant qu'un dévoiement parisien pour bobo très peu incisif, avoir le gnac, c'est avoir du mordant – oui, mais par où commencer ? Je fis ronfler Internet pour connaître les arcanes du PRP et du Roseau, mais tout en notant mes trouvailles, je ne pouvais empêcher l'enlèvement de LOL d'occuper mon esprit. Les yeux sur l'écran, mais mes pensées farfouillant l'arrière-boutique de mon cerveau pour y trouver quelque chose qui m'avait échappé, je n'étais nulle part. Heureux Napoléon qui pouvait dicter trois ou quatre lettres à la fois, moi je perdais le fil rapidement. Et en plus maintenant, avec le prix des timbres… J'éteignis donc ma bécane. Il était 13 h passées, et il y avait une heure environ que les premières bouteilles de rosé avaient pris leur envol au Majestic pour atterrir en terrasse comme un vol de gerfauts hors du charnier natal. Pas de misère hautaine, pas de rêve héroïque et brutal, pas de Cipango et ses mines lointaines, mais quelquefois des après-midi épiques où du fond de l'océan pouvaient monter des étoiles nouvelles. C'était déjà ça de pas pris. Je décidai donc de rallier la place Louis-XIV où Etché aurait peut-être des idées, après celles sur la campagne, d'un endroit plus précis où l'on pouvait geôler LOL.

Guéridon bien achalandé, seau à glace doublement garni, petit sémaphore envoyant sa fraîcheur au milieu des verres dangereux comme autant de récifs, ils étaient là les types, et un peu là : Etché, Robert, Blue Eyes et Gratien qui avait traversé la Nivelle. Je les saluai à la volée et j'allai me chercher un verre au comptoir.

— Tu vois, fis-je à Gratien pour le chauffer tout de suite, Michel ne s'est pas trompé, il y a une demande de rançon.

— Arrête, arrête, cingla-t-il, c'est politique. Une fois de plus j'avais raison.

— De quoi parlez-vous, nous coupa Blue Eyes, je n'y comprends rien.

— Le Michel dont il est question, expliquai-je, c'est celui de Ciboure. Il était au Garra avec Gratien dimanche matin et il avait parié que l'enlèvement de LOL était crapuleux. Gratien, ici présent, penchait pour une affaire politique. Voilà, vous savez tout.

— Et toi Xanti, qu'est-ce que tu sais ? demanda Etché.

— J'aurai encore besoin de tes lumières. La campagne c'est grand, disait Robert hier, tu te rappelles. Tu n'aurais pas une idée plus précise de l'endroit où l'on pourrait détenir LOL, ça m'arrangerait. Tout le monde nage. Y compris les flics.

— Aucune idée Xanti, s'excusa-t-il.

— Fais jouer tes réseaux à la campagne, l'asticotai-je.

— Mes réseaux ? Je n'en ai pas. J'ai de la famille et des amis. Et c'est beaucoup.

— Qui va payer pour elle ? continua Robert. Il n'y a pas grand monde, si j'ai bien compris en te lisant, Xanti, pour mettre la main à la poche.

— Gratien peut-être, fis-je perfide, LOL est son idole.

— C'est ça ! embraya-t-il. Moi, pauvre petit couillon, je vais payer, et eux qui sont bourrés de pognon, ils ne vont pas bouger ? Les pigeons, je les mange avec des petits pois aux lardons et un peu d'oignon, je n'en suis pas un. En parlant de manger, il faut que je rentre, je devais ramener le pain, je vous laisse. Salut.

— Tout ça ne nous dit pas où en est l'enquête, relança Robert.

— Tout le monde patauge, ça n'avance pas beaucoup, c'est ce que m'a dit le commissaire Seignosse ce matin. Ce qui m'intéresserait, ce sont des tuyaux sur KI et sur l'enlèvement. Mais à Ciboure, personne n'a rien vu. Et sur KI, je suis sec.

— Alors bois un coup, rigola Blue Eyes.

Etché regarda sa montre et téléphona.

— Chipirons frits et tartare coupé au couteau, ça vous va?

Acquiescement général, nous savions vivre.

— Alors dans dix minutes, fit-il.

Un dernier tour de piste et les bouteilles de rosé ne furent plus qu'un souvenir. Question tempo, on n'avait rien à nous apprendre. Nous remontâmes donc la rue de la République en brebis non égarées: Etché était notre berger.

Table ronde à gauche de l'entrée, toujours. Saumur-Champigny frais avec les chipirons passés à la pâte à frire et enluminés de piments d'Anglet, la vie continuait à nous être douce.

— Et LOL, tu crois qu'elle en mange des chipirons? commença Robert.

— Peut-être, fit Etché, mais pas des comme ça.

— De toute façon, continuai-je, là où elle est, elle ne les apprécierait pas.

— Tu as raison Xanti, approuva Blue Eyes. Il vaut mieux que ce soit nous qui les dégustions.

Ce que nous fîmes dans un petit flot du vin de Loire. Accompagné de ses ingrédients et surmonté d'un jaune d'œuf, le tartare suivit. Pour ma part, je ne le confrontai qu'à un trait d'huile d'olive, une généreuse pincée de piment d'Espelette et une légère pluie d'origan. Le silence s'instaura pendant que chacun faisait sa cuisine. Un Graves vint à point pour escorter nos gourmandes alchimies et délier nos langues: LOL encore. Pas de Georges Clooney au moment du café, mais LOL là aussi, what else ? Mais nous n'étions que conjecturaux et supputatifs. Rien donc pour faire avancer le schmilblick. Et pas de Papy Mougeot à l'horizon, pauvre LOL. On commença à évoquer la fierté du Gers et les rhums à la mode. Il était temps pour moi de lever le camp, pas question de prendre un coup de canne, fut-elle à sucre.

— Messieurs, il n'est de bonne compagnie qui ne se quitte, fis-je. Je vous laisse courir sur votre erre, vers des lagons aux couleurs enchanteresses. Le travail m'attend. J'ai été heureux de partager ce moment avec vous.

— On te voit demain ? questionna Etché.

— Je n'en sais rien, je ne maîtrise rien sur ce coup. Ciao ciao !

Je quittai la scène quand la Gascogne, le Venezuela et les Philippines firent leur entrée ambrée dans leurs flacons respectifs : drôles de Rois Mages.

C'est donc d'un scooter momentanément ignorant, du moins l'espérai-je, que je regagnai Marinela pour une fin d'après-midi laborieuse.

En plus de KI qui reprenait du poil de la bête, il me fallait m'intéresser également aux Bakegileak, les Artisans de la Paix. Ces membres de la société civile avaient décidé de pallier l'inertie des autorités quant au démantèlement des armes encore détenues par ETA, notamment dans des caches, les zulos, sur le territoire français. Puisque ni l'État français, ni l'État espagnol n'étaient décidés à bouger, ils le feraient eux. Quoi ? Détruire ou neutraliser symboliquement les armes entreposées dans les zulos et dont ETA leur avait révélé la localisation. Évidemment encore clandestine, leur action prenait forme et se faisait jour grâce à des fuites savamment distillées. De plus, cette démarche était réalisée avec la bienveillance de personnalités d'envergure mondiale : Michel Tubiana, avocat et ancien président de la Ligue des Droits de l'Homme, Michel Camdessus, ancien boss du Front Monétaire International et gouverneur de la Banque de France, Bertie Ahern, ancien Premier ministre irlandais, Pierre Joxe et Hubert Védrine, anciens ministres, Louis Joinet, juriste ancien conseiller de Mitterrand, Cuauhtémoc Cardenas Solorzano, homme politique mexicain fondateur du PRD le Parti de la Révolution Démocratique, Gerry Adams, ancien président du Sinn Féin, Harold Good ecclésiastique nord-irlandais qui avait contribué au désarmement de l'IRA, Jonathan Powel, ancien chef de cabinet au 10 Downing Street, négociateur lors du conflit irlandais. Et en plein dans cet élan de bonnes volontés, un enlèvement pour faire avancer une cause qui était totalement étrangère à la Sabine du quai Ravel. Voilà, rapidement, le contexte dont je devais tenir compte, et l'air du temps que je devais humer pour sentir les choses avant de les appréhender. Dur dur. Le Pays basque était une gigantesque cazuela qui cuisait pil pil. Et au milieu, LOL. Ça devait un peu lui chauffer les fesses tout de même. Ah, qu'est-ce que je donnerais pour regarder par le trou de la serrure de sa cellule !

Comme tout le monde finalement, j'étais beaucoup plus intéressé par le paiement ou non de la rançon, que par retrouver la trace des ravisseurs. Et pour la grande majorité au Pays basque, cette situation dramatique relevait plus de la comédie que de la tragédie. Davantage « Ciel mon mari ! » que « Oui je viens dans son temple adorer l'Éternel ». Moi, ça m'amusait beaucoup. Ce n'était certes pas la réaction appropriée à un enlèvement, mais c'était comme ça. Et je n'étais pas le seul. Il était presque l'heure d'appeler Petit Poulet, stylo, calepin, j'étais prêt.

— Salut ardent limier, fis-je quand il décrocha, quoi de neuf?

— Pas grand-chose, trublion de l'info, j'en ai bien peur.

— Dans quelle direction? L'enquête ou le paiement de la rançon?

— C'est justement le problème, Xanti. C'est la rançon qui focalise les réactions, au détriment de l'enquête sur l'enlèvement qui, à part moi, n'a l'air d'intéresser personne.

— Où en es-tu, tu as des pistes?

— Bien sûr, nous avons ressorti le dossier KI, mais nous tâtonnons. La plupart des membres sont rangés des voitures. Il y a longtemps que nous les avons logés, et un peu oubliés aussi, il faut donc repartir quasiment à zéro.

— Et pour la rançon, comment ça se passe?

— Personne ne veut encore bouger. Le PRP va laisser la famille communiquer.

— C'est le souhait du PRP ou de la famille?

— Les Lavie voudraient que le parti se mouille et prenne les choses en main, y compris le paiement de la rançon, mais le PRP ne roule pas sur l'or, et plus que tout, ne mise plus beaucoup sur LOL pour les échéances futures. Croyant attirer la lumière sur LOL, KI l'a mise aux oubliettes: mauvaise pioche, l'enlèvement a provoqué, de la part des siens, l'abandon de LOL en rase campagne.

— Et BAL?

— Nous sommes en contact au sujet de l'enquête, mais silence radio sur tout ce qui concerne la rançon. Il a une partition compliquée à jouer.

— Mais si LOL s'en sort bien, le PRP pourra aussi la présenter en héroïne. Jésuite mais pragmatique, le calcul. Et gratuit, surtout. Il ne manque que l'annonce officielle du refus de payer la rançon…

— J'espère que c'est ce qui va obliger les ravisseurs à bouger, me coupa Petit Poulet. Ma chance de les serrer est là.

— Bien vu, Petit Poulet. Merci. Ciao ciao à demain.

Pas d'info transcendante mais de quoi ouvrir largement le robinet à supputations. J'avais du taf.

La Gazette eut droit à un large et local tour d'horizon avec piqûres de rappel : Bakegileak, KI et les difficultés momentanées de la police à renouer les fils. Puis je bifurquai sur la rançon dont je privilégiai l'option « non paiement ». J'expliquai ensuite la mauvaise appréciation de KI quant aux conséquences de l'enlèvement. Qui de caillou dans la chaussure des pouvoirs publics et du PRP, se transformait en triple cadeau. Un, l'enlèvement donnait au PRP l'opportunité de faire une croix sur la suite de la carrière de LOL, puisqu'il avait vraisemblablement choisi de laisser la famille Lavie en première ligne. Deux, en cas de disparition de LOL, le PRP ne manquerait pas de jouer le parti martyr, ce qui était bon pour l'électorat. Trois, si LOL réapparaissait, le PRP la ferait passer pour une héroïne et c'était toujours bon pour l'électorat. Mais ce n'était ni plus ni moins se défiler sans honneur, dans une prétendue dignité. Je n'omis pas le mal être de Leporello et les interrogations du Roseau. Sans oublier BAL et son inconfortable situation. Et puis je soulignai l'attente par la police du refus de payer la rançon, pour y voir plus clair. Je titrai « Les cadeaux de KI » et j'envoyai.

Je préparai mon papier pour *Le Parisien* avant d'appeler Roland.

— Xanti, pas mal cette petite diversion en attendant mieux.

— La police nage et moi aussi. Heureusement il y a ces projections auxquelles je me suis livré et la semoule dans laquelle pédale Le Roseau. Tu dois avoir une photo de Leporello, non ?

— Bien sûr. Tu crois que la famille va vouloir payer ?

— Ça m'étonnerait, on ne rigole pas avec la caillasse chez Lavie. C'est à partir de la décision officielle que ça risque d'être marrant. KI, qui croyait avoir enlevé un aigle, risque de se retrouver avec un rossignol à fourguer : ouvrez, ouvrez la cage aux oiseaux !

— Ça va être un peu ça, je crains. À demain, Xanti.

— Ciao ciao, Roland.

Pour *Le Parisien*, je passai rapidement sur KI et les Artisans de la Paix, et je mis le doigt sur l'attitude du PRP qui s'en remettrait sûrement à la famille pour régler la question de la rançon. Je pointai aussi le choix qui découlait de cette attitude : passer à autre chose quant à LOL et à son avenir politique. J'ouvris également les deux options qu'induisaient cette stratégie : PRP parti martyr en cas d'issue tragique pour LOL ; LOL héroïne en cas de libération, et donc tout bénéfice là aussi pour le PRP. Évidemment, j'éclairai BAL et sa position intenable au milieu de ce foutoir qu'étaient les arrières pensées des uns et des autres. Je titrai « PRP, LOL, je t'aime moi non plus » et j'envoyai. Voilà une bonne chose qu'elle était faite.

J'eus tout de suite Kattalin au *Parisien.*

— Xanti, tout ceci n'annonce rien de bon pour cette pauvre LOL. Tu es sûr que personne ne va payer ?

— Ce n'est pas ce que j'en retiens en tout cas. Et ça m'étonnerait que je fasse fausse route. C'est quand la famille va annoncer qu'elle ne paie pas que ça va enfin bouger. Il n'y en n'a plus pour longtemps. Je t'embrasse, Kattalin.

— À demain, Xanti, 2 500 signes.

Le temps était venu de m'élever jusqu'au premier monde. Mais d'abord, appeler Madame L'Oréal.

— Rouletabille, as-tu passé une bonne journée ? Ton petit tour au marché a-t-il été instructif ?

— Pas trop, quoiqu'intéressant.

— Tu me parleras du bouillant Raoul. Je viens de rentrer à la maison, je t'attends.

— Soit, je ne te fais pas languir.

C'est donc d'un scooter primesautier que se fit mon ascension de la colline enchantée. Trilogie classique, arbre, chien, sonnette, j'étais dans la place.

Je descendis les escaliers en plein *Duo des fleurs* de *Lakmé*, poursuivi par *Carmen* et *La fleur que tu m'avais jetée*, c'était bien la peine que Delibes, il se décarcasse ! Mais je n'avais d'yeux que pour Circé s'épanouissant en suavité dans le canapé, fleur de chez fleur ne s'ouvrant que pour moi.

— Rouletabille, comment va ce bon Leporello ? commença-t-elle.

Je lui claquai un bécot mutin avant que de répondre : il y avait des priorités.

— Il va bien mais il est inquiet, fis-je en prenant place à ses côtés. Ton réseau d'informateurs t'a donc fait part de notre rencontre au marché.

— Exactement. Tu n'as donc pas eu à aller au Roseau, Le Roseau est venu à toi.

— C'est tout à fait ça. Et ça tombait très bien. Il m'a reproché de colporter de fausses nouvelles, notamment sur le non-paiement de la rançon, mais il s'est adouci en ne pouvant que reconnaître que le PRP et la famille n'étaient pas spécialement chauds du portefeuille. Dans le département, il a carte blanche, m'a-t-il dit. Pour quoi faire ? Mystère pour le moment.

Et je lui déroulai ma journée le plus fidèlement possible.

— Ce serait intéressant que tu aies l'avis d'un des Bakegileak sur KI et sa décision d'enlever LOL.

— Tu sais qui ils sont ? Moi non plus, Madame L'Oréal.

— Ils ont des sympathisants, c'est sûr.

— Encore faut-il les trouver.

— Mais tu as raison, c'est quand la famille va annoncer qu'elle ne va pas payer la rançon que ça va commencer. Rouletabille, si nous trinquions à la santé de LOL, c'est le moins qu'on puisse faire.

— Madame L'Oréal tu as raison, à LOL !

L'or pétillant de Getaria, un Gañeta qui mûrissait au frais dans le frigo de Geneviève, fut un excellent ambassadeur pour plaider la cause de LOL. Accompagné de gambas made in Chakola, il aurait détendu ses geôliers eux-mêmes. En attendant, si je puis dire, c'est nous qu'il ravissait.

Même si nous étions, Geneviève et moi, dans un état qui ne nous satisfaisait guère. Nous n'avions aucune prise sur les événements, aucun interstice où piquer du stylet pour mettre la cuirasse en défaut. Concernés oui, mais spectateurs et expectateurs surtout, ce qui était rageant. Nous suçotions notre txakoli là, mais un peu absents. Et même pas de carapaces de gambas pour nous défouler, Chakola les avait dépiautées pour nous.

— J'ai du merlu, fit-elle, d'un air détaché, et des bulots. Avec de la mayonnaise de madame Mascotena.

Je ne pouvais que me rendre à ces goûteux arguments, les bulots étaient une de mes faiblesses : bulots, pain, mayo et rasades de blanc ou de rosé, constituaient une litanie que je n'avais aucun mal à égrener. Et madame Mascotena qui veillait sur cette maison comme un lare sur sa domus, savait faire la mayonnaise.

Je me mis donc en cuisine. En plus de ce dont j'avais besoin pour composer notre menu, je découvris dans le frigo des îles flottantes. Madame Mascotena n'avait pas chômé aujourd'hui.

Bulots d'abord, îles flottantes ensuite, le merlu se suffirait à lui-même. Bien sûr, je le fis rebozado, mais je décidai de le passer dans une pâte à frire augmentée : jaunes d'œufs battus et farine, pas trop épaisse non plus, le tout espeletté.

Nous dînâmes sur la terrasse, le marine et le jaune dominant sur la table et dans les assiettes. Le txakoli succomba à l'appel des bulots rehaussés d'une mayonnaise de catégorie : il n'y en eut pas trop, Geneviève me connaissait. Le merlu vint à point pour prolonger la fantasia des bulots, mais il fallut dégoupiller une seconde bouteille : eh oui ! la vie n'était jamais un fleuve tranquille à Bordagain. Et les îles flottantes ? Magistral point d'orgue à la crème anglaise légèrement embellie d'un souffle de Bas-Armagnac, et aux œufs en neige criblés d'éclats d'un arachnéen caramel : du grand art. Pris sur la balancelle dans un moelleux tangage, le café-piston brûlant succéda à cette cavalcade de saveurs et mit un point final à notre bonheur gourmand. Il semblait que, pour ce soir, nous avions plié les gaules. Pourtant nous avions beaucoup de questions, mais pas beaucoup de réponses à mettre en face. La nuit porte conseil, dit-on. Nous l'attendions, mais sans impatience. Les sens beaucoup plus apaisés que la veille, nous empruntâmes l'escalier dans une félicité un tantinet frustrée, mais calme et sereine, rompant drastiquement avec la frénésie d'hier. Ça ne pouvait pas être *Feux d'artifices royaux* tous les soirs, non plus ! J'aimais bien Haendel, mais ce soir ce serait Mozart et compagnie, *Petite musique de nuit.*

La nuit fut quand même à nous et nous en fîmes bon usage, nous avions un standing à maintenir.

Chapitre VI

Mercredi matin et après-midi

Où l'on voit qui c'est, Raoul

Nuit câline, chien pas malin, la vie se la coulait douce à Bordagain. Mais il me fallait secouer le cocotier, travail à la noix quand on ne savait pas ce qui allait tomber de l'arbre. Je comptais plus que jamais sur Socoa et ses sortilèges matinaux et marins pour me faire prendre la bonne vague. Las. Pas la moindre risée, le vent cherchait son souffle et, au bord de la digue, la mer était en panne, même pas le clapot ouvert, l'engeance volante criaillait en sourdine, tout, autour de moi, s'accordait en un silencieux unisson. La journée qui s'annonçait me déroulait un tapis de ouate alors qu'il m'eût fallu une piste en tartan et une belle planche d'appel pour bondir le plus loin possible. Je me rabattis sur un roboratif petit-déjeuner. Pendant que la radio ronronnait, je parcourus la presse par acquis de conscience, œil ne perçant pas grand-chose et oreille basse. Je ne savais pas où donner du neurone, rien pour aiguiller mes recherches, nous étions mercredi, je décidai d'aller lire *Le Canard enchaîné* sur la Corniche. Je rejoignis mon poste de lecture, d'un scooter raplapla. Le décor eut tôt fait de me tonifier. À cheval sur le canon jouxtant le blockhaus fixant toujours l'Atlantique – lui, il avait de la suite dans les idées, moi je n'avais même pas d'idée – je me plongeai dans ma saine et indispensable lecture du mercredi. Arriva alors sans que je m'en rende compte, l'heure d'appeler Petit Poulet.

— Pourfendeur du crime, du vice et de la corruption, je te salue, commençai-je.

— Oh ! Xanti, je te sens en forme, aujourd'hui. Aurais-tu passé une nuit encore plus formidable que les autres.

— Ma nuit a été tout ce qu'il y a de formidable, bien sûr Petit Poulet, mais c'est ma journée qui risque de ne pas être formidable du tout. Je ne sais pas par où continuer cette enquête qui commence à me gonfler.

— Tu n'auras pas longtemps à attendre, Bernadette Lavie va faire une déclaration au journal de 13 h sur TF1. Lâchée par le PRP, la famille a décidé de ne pas payer la rançon. Officiellement ça va donner qu'elle ne cède pas au chantage. BAL n'a pas convaincu le parti de participer au paiement mais a fait jouer ses réseaux pour passer chez le grand prêtre de l'info de la mi-journée. Les Lavie sont montés à Paris hier matin pour assister à une réunion au siège du parti. Ça s'est décidé la nuit dernière en comité restreint, le Bureau Politique n'étant même pas au complet. J'ai été informé aussitôt par BAL. Sigismond et Mélusine, le neveu et la nièce de LOL, qui l'ont suivie en faisant partie des différents cabinets de ses différents ministères, ont joué un rôle important dans les discussions familiales. Eux non plus ne désiraient pas céder au chantage. BAL m'a fait comprendre qu'ils ne voulaient surtout pas taper dans la pelote que la famille à consciencieusement constituée. Xanti, tu as donc à nouveau du grain à moudre.

— Pour une nouvelle, c'est une nouvelle. Petit Poulet tu es la crème...

— De poulets de Bresse, tu me le dis toujours.

— Oui, mais c'est toujours vrai et ça me fait plaisir de te le dire et te le redire. Sur ce coup, je file à Biarritz pour être sur place quand la déclaration va passer à la TV. J'aurai bien quelques réactions à recueillir. Merci encore, Petit Poulet. Je t'appelle vers 17 h. Ciao ciao.

Voilà une journée qu'elle s'annonçait enfin bonne ! J'appelai Roland à *La Gazette*.

— Xanti, que se passe-t-il ?

— Regarde le 13 h de TF1, Bernadette Lavie va annoncer que la famille refuse de payer la rançon. Le PRP aussi, mais c'est leur cuisine. Seignosse vient de m'appeler. Je vais aller déjeuner à Biarritz pour humer l'air du temps. Je crois qu'il y aura de quoi s'en mettre plein les narines.

— C'est Bernadette Lavie qui va lire la déclaration ?

— Oui, la famille est à Paris depuis hier. C'est dans la nuit que ça s'est décidé.

— Une et page 3. Banzaï Xanti.

— Ciao ciao Roland, à tout à l'heure.

C'est donc d'un scooter bombardé à l'uranium enrichi que je dévalai la Corniche, boulevardai pierre-benoîtement, traversai Ciboure sur un rythme de boléro, franchis le pont De-Gaulle sans me mettre de gants ni de képi, sinuai dans Saint-Jean-de-Luz et attaquai la nationale. J'entrai à Biarritz par Beaurivage et l'avenue de Londres, idéal pour entendre les Biarrots parler aux Biarrots. Je négligeai les halles pour descendre vers la place Clemenceau. Je trouvai un bout de trottoir pour ma monture et me dirigeai vers Les Colonnes, la brasserie toute proche de la mairie. Là battait le cœur politique de Biarritz: on y célébrait les victoires, on y ressassait les défaites. S'y défourchaient les langues aussi, du moins l'espérai-je.

— Xanti! entendis-je, quand je franchis le seuil de l'établissement.

Perchés sur de hauts tabourets et accoudés à une table idoine, Titin et Ayouque, Biarrots garantis grand teint, devisaient autour d'une mousse.

— Comment vont les gardiens du temple? fis-je dans un grand sourire.

— Pas aussi bien que toi, nous sommes tristes de la disparition de LOL, commença Ayouque.

C'était parti! Pas exactement du même bord que la ravie du quai Ravel, ces deux-là tombaient à pic.

— Justement il y aura du nouveau au journal de 13 h sur TFI, et peut-être de quoi vous rassurer. Ou pas, lâchai-je.

— Qu'est-ce que tu racontes? demanda Titin.

— Regarde TF1 et tu le sauras. Bernadette Lavie va faire une déclaration. Je le tiens de source sûre.

— Mets TF1 et sers-nous trois demis s'il te plaît, fit Titin au barman, Bernadette Lavie va faire une déclaration au sujet de l'enlèvement de LOL.

Le barman changea de chaîne et un garçon nous livra trois verres moussus. Comme nous, l'assistance se focalisa sur l'écran. Il était treize heures moins quelque chose et la pub défilait. Générique, grand prêtre de l'info, tout était prêt. Moi aussi, carnet rouge et stylo en faction. Et Jean-Pierre Pernaut ouvrit le journal gravement.

« Bernadette Lavie, ancienne maire PRP de Biarritz, ancienne députée, et mère de Liliane Obier-Lavie qui a été enlevée dimanche dernier à son domicile de Ciboure au Pays basque, va faire une déclaration. »

Le décor était neutre, un bureau cossu avec lampe à abat-jour, encrier et sous-main, style Mobilier National. Assise derrière le bureau, Bernadette Lavie, calme et résolue, commença à lire un texte écrit sur une feuille posée devant elle.

« Liliane Obier-Lavie, députés européen, qui a servi la République à différents postes importants de responsabilité, a été enlevée dimanche à son domicile de Ciboure. Cet acte odieux perpétré par – elle se racla la gorge, les Basques et leurs mots, leurs maux non plus, n'avaient jamais été son fort – Kontraposoi, un groupuscule terroriste basque, a bouleversé l'opinion publique autant qu'il l'a révoltée. Les terroristes, fidèles à l'attitude commune à ceux de leur espèce, ont poussé l'abjection jusqu'à réclamer une rançon correspondant aux traitements perçus par Liliane Obier-Lavie durant sa carrière, des sommes versées par la République française. La République française n'a pas vocation à engraisser le terrorisme ni à se plier à ses desiderata. En accord avec le Parti Républicain Populaire qui a toujours soutenu Liliane Obier-Lavie et que Liliane Obier-Lavie a toujours soutenu, nous avons décidé de ne pas céder au chantage. On ne négocie pas avec les terroristes. »

Jean-Pierre Pernaut ferma le ban et le barman passa à autre chose, une chaîne de sport. Un brouhaha flotta dans tout le café.

— Alors ? fis-je.

— Pétés de thunes et toujours aussi radins, ces Lavie, y alla Titin. Céder au chantage, mon cul ! Des oursins dans les poches, voilà ce qu'ils ont !

— Va y avoir de l'ambiance, ajouta Ayouque. Tu ne vois pas qu'ils nous la dégomment !

— Non, mais c'est bien essayé en tout cas, embraya Titin. KI va la garder pendant les négociations sur le désarmement et il va la relâcher après.

— Ils vont la foutre dehors, oui ! rectifia Ayouque, elle va leur coûter plus cher qu'elle va leur rapporter. Sa famille n'en veut plus, ce n'est pas KI qui va la garder.

— Hypothèse à prévoir, fis-je. Ce n'est pas que je vous aime pas, les gars, mais il faut que j'y aille. Humer encore le bon air biarrot avant de retourner au sud. J'ai bien commencé avec vous. Ciao ciao.

Je retrouvai mon scooter et je piquai des deux jusqu'aux halles, de fréquentation beaucoup plus cosmopolite.

La chalandise avait soif et faim, et les terrasses bistrotières affichaient un taux de remplissage à ravir les comptables. Je passai voir l'ami Momo en son stand à l'intérieur des halles, homme de beaucoup de foi en le foie, gras bien sûr. Il était un peu le Ravel du canard, il le déclinait et l'orchestrait avec une savoureuse élégance. Chez lui, le magret frôlait le concerto, et pas que pour la fourchette gauche, tandis que l'aiguillette ou la rillette vous emportait dans un tourbillon de valses nobles et sentimentales, très peu de défuntes aussi, parmi les infantes qui se pavanaient devant son étal, et pas de mise au tombeau, fut-il de Couperin, après avoir dégusté ses produits. Chez lui, le canard, pas ma mère l'Oye, et puis c'était tout.

Il était en train de plier les gaules après une riche matinée à fourguer des lipides à une clientèle d'insoumis au diktat du cholestérol – toujours se méfier des talibans de la bouffe, le cholestérol n'est pas forcément notre ennemi.

— Xanti, qu'est-ce qui t'amène, fit-il, la moustache enjouée et l'œil noir mais frais.

— Je passais dans le coin et je ne pouvais pas ne pas te saluer, Momo.

— Tu ne serais pas plutôt en train de relever les compteurs, après l'annonce de la famille Lavie de ne pas payer la rançon ? Tu vois, le canard, c'est souvent des confits, mais quand il y a des conflits, on est là aussi, on tend l'oreille.

— Et qu'est-ce qu'elle a entendu ton oreille ?

— Ici, ce n'est pas du laboureur qui passe, plutôt de l'autochtone branché bonne bouffe ou du bobo connecté terroir dont il se fout sauf quand il est en vacances.

— Alors ?

— On trouve que les Lavie, ils ont raison et qu'il ne faut jamais céder au chantage, non mais !

— Et toi, Momo ?

— Moi, je suis Landais, et LOL, elle ne doit pas en manger beaucoup et souvent du foie gras. Ça ne va pas me bouleverser le chiffre d'affaires, cette histoire. Ne bouge pas, je ferme, mais pour toi je suis ouvert, passe derrière.

J'adorais jouer ainsi à la marchande, sauf que là c'était pour tromper l'espion.

— Me kidnapperais-tu, Momo ?

— Je crois que tu les aimerais, les prisons comme celle-là, Xanti. Ouvre le passe-plat, c'est l'heure de la gamelle.

Et il sortit de son tabernacle quelques hosties de Pomarez qu'il passa à la poêle, l'autre moitié de l'envoi attendant notre bon plaisir et les tartines grillées qui allaient avec. Momo, qui partait du principe pour son canard, que le goûter c'était l'acheter, était sacrément équipé pour satisfaire la clientèle. Et j'étais un sacré client. Qui ne cracha pas non plus sur le Pacherenc qu'il sortit du frigo pour accompagner les belles promesses de la Chalosse. Cet intermède plaisamment landais, en plein cœur de Biarritz, me ravissait. La langue française avait de cruelles polysémies. Après ce que nous fîmes à son foie, le canard aurait pu s'envoler, léger et libéré. Las, ce que nous n'avions pas mangé se trouvait là sur les rayonnages, dans une symphonie de bocaux et d'emballages gourmands. Comme les meilleurs choses, notre série « il était un foie le canard » eut une fin, et il fallut que je me résolve à abandonner cette savoureuse forteresse.

— Momo, j'ai été enchanté d'avoir pu chasser à la tonne si près de la place Clemenceau, et remplir ma gibecière sans faire tonner le calibre 10.

— Tu lui as quand même mis une bonne cartouche, au canard.

— Oui mais sans bruit. Ciao ciao Momo, et merci.

— Tu passes quand tu veux, Xanti.

Je mis le cap au sud. Cet intermède gourmand aurait pu m'inciter à la gasconnade. Mais scooter faisant, sous une béatitude légère quand même, je réfléchis. Qu'allait-il se passer maintenant ? Il fallait s'attendre à une réaction de KI. Laisserait-il mariner la viande ou réagirait-il tout de suite ? Dans le second cas, ça se jouerait dans l'après-midi, pour bénéficier de la bonne couverture médiatique que pouvait lui assurer le journal de FR3 Euskal Herri en début de soirée. Et Leporello ? Quelle partition nous réservait le bouillant Raoul ? Son Roseau plierait-il ou romprait-il ? faisant ainsi mentir ce bon Jean de La Fontaine. C'est le casque fourmillant de questions que j'arrivai à Marinela.

J'allumai la radio, passai de France Musique à France Bleu Pays basque et m'installai à mon bureau. Je ne pouvais avancer sur les articles que j'avais à écrire car j'étais quasiment sûr que KI réagirait dans la foulée. Mon impatience à connaître la suite annihilait presque ma frustration de ne pas pouvoir commencer à préparer tout de suite mes papiers. Et puis il me fallait également attendre 17 h, l'heure à laquelle j'appelais habituellement Petit Poulet. Comme une morue dans sa cazuela, j'étais pil pil. Je ne pouvais me concentrer sur rien, ni lire, ni écouter de la musique puisque j'avais l'oreille fixée sur la radio. Enfin, ça arriva : jingle. Le journaliste commença.

« Un enregistrement contenu dans une clé USB, concernant l'enlèvement de Liliane Obier-Lavie, vient de parvenir à la rédaction de France Bleu Pays basque. Nous allons le diffuser à l'instant. Une voix nasillarde et étouffée se fit alors entendre en euskara, puis en français : "Sa famille et le Parti Républicain Populaire viennent d'abandonner Liliane Obier-Lavie alors qu'elle traverse une épreuve difficile rendue inévitable à cause du mépris que l'État français a toujours manifesté à l'égard du Pays basque. Voilà comment cette République française traite ceux qui la servent. Quant à la famille, elle vient de commettre l'irréparable en faisant sienne la posture que le Parti Républicain Populaire a toujours affichée, celle du rejet, du refus et de l'autarcie intellectuelle, présentée sur le plateau du jacobinisme le plus haïssable. Par la faute de sa famille à l'attitude indigne et aveugle, l'existence physique même de Liliane Obier-Lavie est menacée. Kontraposoi prend en compte l'attitude irresponsable de l'entourage de Liliane Obier-Lavie qui doit assumer dès à présent les conséquences terribles qui vont en découler. Gora KI ! Gora Euskadi askatuta !" »

Il n'était pas loin de 17 h : Petit Poulet.

— Salut, représentant de l'ordre qui va évoluer en plein désordre. Le match se durcit, non ? Dans les deux camps on visse les crampons de 21.

— Tu l'as dit, Xanti. Et ça va être chaud pour moi. J'ai intérêt à la retrouver, et vite, LOL. Parce que maintenant, tout le monde va s'intéresser à elle. Ou plutôt va feindre de s'intéresser à elle.

— Tu as eu des contacts avec la famille ?

— Dès que j'ai eu connaissance du communiqué, avant qu'il passe à la radio. Les Lavie ne veulent toujours pas bouger le petit doigt. BAL est coincé. Et KI énervé. Mauvais temps !

— Que comptes-tu faire, Petit Poulet ?

— Continuer à chercher, quoi d'autre ? On a eu des pistes, mais ça finit toujours en quenouille. Tu me diras, il n'y a que trois jours qu'a eu lieu l'enlèvement, et on n'a pas fait tous les recoupements, mais ça me rend fou.

— Bon je te laisse, ciao ciao Petit Poulet, et merci.

— À demain Xanti.

Et si j'appelais Leporello ?

— Raoul Leporello ? Xanti Sopuerta. Bonjour. Si je puis dire.

— Vous avez raison, grogna-t-il. Ce n'est pas un bon jour pour Le Roseau, mais alors pas du tout. D'abord la famille et le parti qui s'échappent et ensuite les autres enfoirés qui donnent des leçons de démocratie. Qu'est-ce qu'ils sont ? Des bandits, ni plus ni moins.

— Que comptez-vous faire ? Vous avez un plan B ?

— Pas de plan B, rugit-il. J'vais faire ce qu'il faut pour tirer LOL de là. J'vais le trouver, moi, le pognon. J'vais leur faire une ordonnance et une sévère à tous ces trous du cul. J'vais leur montrer qui c'est Raoul. Aux quatre coins du Pays basque qu'on va les retrouver éparpillés par petits bouts, façon puzzle. Moi, quand on m'en fait trop j'correctionne plus : j'dynamite, j'disperse, j'ventile.

— Eh bien ! Vous êtes terriblement motivé.

— Vous ne le seriez pas, vous ? hurla-t-il. Si tout ce à quoi vous croyiez depuis toujours, la liberté, le combat, le compagnonnage, la défense de vos valeurs, une certaine idée de la France, si tout ça était balayé d'un seul coup, parce qu'on n'obéit plus qu'au cynisme et aux calculs minables, pendant que d'autres prennent en otage ce qui vous a guidé pendant toute une vie militante ? Moi ça me fait tanguer la bienveillance, ça m'étrangle la compréhension, ça m'étouffe la bonté, ça m'escaguasse les boules du sapin, ça me boursoufle la testostérone, ça m'hirsute la méchanceté, ça me légalise la cruauté. Et maintenant, Raoul, il va prendre son chapeau pour aller faire la quête. Mais il va prendre son makila aussi.

Pour l'aider à marcher droit et à faire filer droit. Et si jamais on l'oblige à dévisser le manche, il ne va pas se gêner, Raoul, il va piquer là où ça fait mal. Les bons agneaux, ça suffit. Des loups, il faudra qu'on soit. Attention, les chaperons rouges, il arrive Raoul ! Vous avez intérêt à lui donner votre petit pot de beurre. Sinon, il risque de vous bouffer tout cru, Raoul. Voilà, c'est dit.

Il s'était calmé tout d'un coup, le soufflet de la forge était retombé comme s'il n'avait plus à battre le fer tant qu'il était chaud, les scories étaient retombées au fond de la cuve. Raoul le flingueur était redevenu tonton Leporello.

— Le Roseau 64 est partie prenante de votre décision, demandai-je sur la pointe des mots – je n'avais pas envie de remettre en route la machine à bosseler – ou bien est-ce un baroud personnel ?

— Je n'ai pas pris ma décision tout seul, même si j'ai dû en bousculer quelques-uns pour qu'ils me suivent.

— Et la direction du parti, qu'est-ce qu'elle en dit ?

— Je me fous complètement de ce qu'elle pense. De toute façon, notre démarche ne peut pas nuire. Ni à LOL, ni au PRP.

— Vous la jouez donc franc-tireur, quand même.

— On peut dire ça en effet.

— C'est comme dans les films d'espionnage, quoi. Si vous réussissez, bravo. Si vous échouez, personne ne vous connaîtra.

— Exactement ça.

— Et votre avenir dans le parti ?

— Je suis un vieux dur à cuire, il aura encore besoin de types comme moi. Il y aura encore des échéances et des combats. Et moi, le combat, j'aime ça. Tout le monde le sait.

— Alors, bonne chance pour la suite.

— Tout ce que je viens de vous dire, reprit-il, comme apaisé, vous pouvez l'écrire. Pas en version originale, bien sûr, mais pour faire passer le message. Je vous fais confiance. Ça m'a fait du bien de dire tout ça. Merci de m'avoir écouté. Mais attention, Le Roseau est toujours là.

— C'est à mon tour de vous remercier. À bientôt, monsieur Leporello. Nos routes vont encore se croiser.

— Je le pense aussi.

Ça c'était de l'envolée. Pas lyrique, mais des tripes. Et du cœur. Il en avait sous la pédale, le Raoul. Son Roseau, il ne frémissait pas au bord d'un étang paisible, il poussait dans une piscine radioactive, prêt à faire boum pour râper les glands des grands chênes.

Cette journée se finissait beaucoup mieux qu'elle avait commencé.

Chapitre VII

Mercredi soir et jeudi matin

Au doigt mais pas à l'œil

C'est donc avec une excitation certaine que je me mis boulot. *La Gazette* d'abord. Je retraçai ma parenthèse biarrotte et les réactions bistrotières et hépatiques. Je plaçai au centre du tableau la palette de tous les questionnements que posait le refus de payer la rançon, suivi de la mise en garde de KI. Et je gardai pour la bonne bouche le feu d'artifice de ce bon Raoul Leporello dont j'avais eu la primeur, et peut-être l'exclusivité. Je m'appliquai à ce que rien ne manquât. Ni la colère, ni l'exaspération, ni les commentaires sur les uns et les autres, ni le ton bravache. Ni le découragement face à la mise en bière de certaines de ses illusions, ni sa pugnacité à relever le gant, voire la mêlée, dans sa quête du Graal pour libérer LOL. Plutôt Sancho Panza que Don Quichotte, il s'apprêtait à faire la manche pour sauver sa Dulcinée, en s'attaquant quand même aux moulins avec une belle fureur. Cogneur mais chevaleresque, Leporello s'embarquait dans une drôle d'histoire, plus proche du roman picaresque avec ses vauriens et ses aventuriers – jamais loin de la politique, donc – que du poème épique médiéval avec beaux sentiments, honneur et tout et tout. La geste c'était pour lui, le geste, pour les généreux donateurs qui cracheraient au bassinet. Voilà comment je terminai mon papier, en soulignant qu'en selle sur Rossinante ou sur Grison, il en aurait à découvrir des Sierras Morenas, des grottes de Montesinos ou des îles de Barataria, Leporello !

Je préparai mon papier pour *Le Parisien* avant d'appeler Roland.

— Xanti, il est sous ecstasy Leporello ou quoi ?

— Non, en colère seulement. Il vient de se prendre le côté obscur de la politique en pleine gueule. Il cherche de l'air frais.

— C'est parfait tout ça. Demain, photo de Leporello en une et page 3.

— Je continue Roland, mais côté enquête sur l'enlèvement, ça n'avance pas. Ciao, ciao.

Au *Parisien*, maintenant.

Je le jouai duel dans l'ombre : Bernadette Lavie, avec le PRP dans le rôle du témoin, versus KI dans les habits du justicier masqué. Et je fis de Leporello le Super Scout du Roseau, mais toujours prêt à se draper dans la cape de Dark Vador pour contre-attaquer si on attaquait l'Empire.

Voilà une journée qu'elle avait été bonne, et même très bonne, finalement. Je pouvais ranger mon fourbi.

À Paris, c'est Kattalin qui décrocha.

— Kattalin, j'espère que tu vas mieux que cette pauvre LOL.

— Ce n'est pas difficile, Xanti. Qu'est-ce qu'ils vont lui faire ?

— Je n'en sais rien. Mais la suite va être intéressante, c'est sûr.

— Nous allons illustrer avec une photo de Bernadette Lavie, je t'embrasse Xanti. À demain, 2500 signes.

— Ciao ciao, Kattalin.

Maintenant, il fallait passer tout ça au filtre. Un filtre capable de philtres envoûtants et ensorcelants, qui m'attendait à Bordagain pour passer ma journée au tamis.

Mon smartphone roucoula : Circé.

— Rouletabille, as-tu passé une bonne journée ? Je viens de rentrer, tu peux monter quand tu veux.

— Madame L'Oréal, je pensais à toi quand tu as appelé : accord parfait. J'arrive.

Bordagain fut escaladé en un tournemain. Le cerbère canin, inutile et ectoplasmique, devait vaquer à ses inoccupations, il n'apparut pas. Sonnette, escalier, Cythère.

Et Vivaldi qui concertait à violons que veux-tu chez B&O les champions danois de la stéréo. Et la bouteille de txakoli qui se dressait spumante dans son seau glacé. Et Geneviève qui détenait les clés de ce royaume.

Respectueux et toujours séduit, je m'avançai et me penchai sur elle qui attendait mon hommage, bouche fraîche et palpitante. Même s'il n'était pas de Russie, notre baiser fut de bon aloi, alliage précieux de douce volupté et de voracité contenue.

— Assieds-toi, m'invita la magicienne, tapotant le coussin du canapé quand nous eûmes cessé de prendre langue.

Je m'exécutai comme un James Bond souscrivant à l'invite d'une créature de rêve. Et pas rien que pour ses yeux, les diamants de Geneviève étaient éternels. L'opération tonnerre ? J'y songeai aussi, vous pensez bien.

— Alors, raconte, fit-elle, comme toujours.

Et je racontai, bien sûr, pendant que les bulles du txakoli escaladaient nos verres.

De la mise en train sokotarde et marine, bouillonnante de questions, à la mise en garde de KI faisant pièce au refus de payer, trivialement exposé par Bernadette Lavie. Bien sûr, l'intermède biarrot, moussu aux Colonnes et grassement canardé aux halles, y trouva sa place. Et je gardai pour la fin le tonitruant envol leporellien, autant sincère que farcesque, et sa ventilation façon puzzle.

— Ça me fait penser à quelque chose, sourit la magicienne.

— À moi aussi.

À vous aussi, non ? Et pourquoi n'utiliserais-je pas les dialogues d'Audiard ? Ils s'adaptent bien à cette situation et ça me permet de dégouliner un peu, comme la confiture des Frères Jacques. Et puis ça m'amuse, ce petit clin d'œil au Père Michel. J'ai cherché, j'ai essayé, mais je n'ai pas trouvé mieux, forcément. Le Bon Dieu plutôt que ses saints, toujours. Bernard Blier avait Jean Lefebvre. Je n'ai pas trouvé son pendant au Roseau. Dommage !

— Leporello, c'est bien joli, reprit la magicienne, mais c'est ce que va faire KI qui va surtout décider de la suite.

Je n'aimerais pas être à la place de Petit Poulet. Il a une obligation rapide de résultat. KI peut très bien mettre sa menace à exécution.

— Je ne le vois pas supprimer LOL, ça foutrait par terre le processus de paix.

— S'ils sont décidés à ne rien faire, leur mise en garde n'a aucune raison d'être.

— C'est du poker menteur. Il faut impressionner la galerie.

— Lunettes noires, whisky et cigare, Rouletabille, je ne vois pas la partie comme ça.

— Et comment la vois-tu, la partie ?

— Plus musclée. Les Lavie sont des durs à cuire. C'est eux qu'il faut faire réfléchir et fléchir, maintenant que le PRP s'en fout de LOL, c'est très clair.

— Tu as peut-être raison, mais je pense toujours au processus de paix. KI ne peut pas se permettre de tout casser en flinguant LOL parce que des harpagons n'ont pas voulu ouvrir leur cassette. Il aurait l'opinion publique contre lui, mais aussi ce qu'il reste de ETA et de sa mouvance. Pas bon pour le standing du nationalisme basque, ça.

— Le nationalisme basque, Rouletabille, il ne fait plus ronfler les hauts-fourneaux. On l'a mis sous le boisseau. L'autonomie, surtout financière, et donc la plus large possible, voilà ce qui intéresse tout le monde. Davantage au sud qu'ici bien sûr, les enjeux ne sont pas les mêmes. Ils n'ont jamais été les mêmes. Ranger définitivement les vieux grimoires sur les étagères, celles du haut de préférence, pour ne pas les oublier, et pour ne pas les avoir constamment sous les yeux, je crois que c'est ce à quoi tout le monde aspire. Les uns disent vouloir le faire, les autres font encore semblant de croire aux fantômes. Alors, un petit coup de balai dans la bibliothèque, même si ça fait seulement voleter la poussière, ça ne peut pas faire de mal.

— Le hoquet précédant la mort ?

— Tu n'y es pas. Une dernière tirade avant de baisser le rideau en beauté. Un dernier clin d'œil, mais avec le regard sauvage. La mouche du coche, mais version frelon asiatique.

— Madame L'Oréal, les braises couvent toujours sous la cendre.

— Il n'y a pas encore de cendre.

Mais il restait du txakoli dans la bouteille. Et là, pas besoin de mouche du coche.

— Rouletabille, j'ai des chipirons nettoyés et du russe, madame Mascotena a pensé à nous.

J'investis donc pacifiquement la cuisine. Chipirons, oignons, pikillos en tiras, piment d'Anglet, j'avais de quoi faire réfléchir les glycémies. Mais d'abord cogollos, filets d'anchois, maïs, huile d'olive, vinaigre de cidre et gros sel, que je préparai pendant que chauffait la plancha. Huile d'olive et gros sel aussi pour la plancha, mais avec du piment d'Espelette. Je séparai les tentacules du corps des chipirons que je fendis en deux, comme les piments pour en ôter les graines, et je coupai les oignons pas trop fins. Puis je jouai de la spatule sur la plancha. Pendant ce temps, sur la terrasse, les décors n'étaient pas de Roger Hart, mais Geneviève y mit sa patte, comme si nous étions *Au théâtre ce soir* : la nuit avait levé le rideau et les étoiles tombaient des cintres en clignotant.

Des cogollos au russe, tout fut consommé dans une litanie de saveurs joliment titillées par le txakoli. Le café-piston mit un point d'orgue à cette paisible harmonie.

En haut de l'escalier il y eut d'autres recettes, d'autres saveurs, des tempos variés et de plaisants point d'orgue. Et notre nuit ne fut pas une pieuse litanie.

Soleil dardant, fesses pulpeuses, fossettes réceptives, Hermès au pied léger, je quittai cet univers soyeux. Chien invisible. Peut-être était-il mort ? Le matin était seul devant moi quand je dévalai les rues étroites qui me ramenaient à la vie des autres.

Sokoa m'accueillit en tonicité héliotropique, le Râ des Égyptiens charriant ses UV comme le Nil ses alluvions. Piaillerie mouettesque, goéland sans gêne, cormoran criant et pas qu'au-dessus des jonques, l'engeance à plumes prenait ses aises dans un ciel radieux. Et la mer, un tantinet vague à lame, dansait le long du golfe clair. J'arpentai la digue comme un conquérant espérant une journée épique, et penché à l'avant de cette barrette magique, je guettai la blanche caravelle qui m'apporterait un rêve héroïque et brutal : du fond de cet océan allait-il monter des étoiles nouvelles ? Hier en avait été constellé. Mais aujourd'hui ?

La radio ne m'apprit rien pendant que, l'oreille en coin, je déjeunais copieusement. Ça ne pouvait pas être tous les jours la fête. Il fallait pourtant amorcer la pompe et trouver un indice cibourien sur l'enlèvement. Un tout petit rien, un incident, une bêtise. Je décidai de me faire un petit quai.

La terrasse du Garra comptait ses locataires habituels des heures ensoleillées. Mais je n'y trouvai personne pour satisfaire mon goût de la causette. J'entrai donc. Angel épluchait la presse, à son habitude.

— Les nouvelles sont bonnes ? fis-je, affligeament classique.

— Tu dois le savoir, Xanti, c'est toi qui les écris en ce moment.

— Oui, mais je ne sais pas tout, loin de là. Par exemple, je n'arrive pas à en apprendre un peu plus sur ce qui s'est passé exactement dans la rue Pocalette, ou sur le quai, quand LOL a été enlevée. Il y a bien quelqu'un qui a vu ou entendu quelque chose.

— Ici, tu ne vas trouver personne.

— Parce qu'il pourrait y en avoir ailleurs ?

— Tu n'es pas dans le bon bistrot, lâcha-t-il en souriant.

— Dommage, Angel, dommage.

— Xanti, tu prends un café ?

C'était José, cuistot de catégorie, qui, sous son éternel béret, m'invitait depuis le comptoir.

— Avec plaisir José.

— Tu cherches toujours, Xanti ?

— C'est un peu la base du métier, José. Mais sur ce coup je suis sec. C'est pour ça que je me renseignais auprès d'Angel.

— Il a raison, c'est plutôt autour du fronton que tu risques, je dis bien, risques, d'apprendre quelque chose. En plus, là-bas au bout, m'indiqua-t-il du doigt en pointant la direction de la rue Pocalette, tu n'as pas beaucoup de veilleurs de nuit. Couchés tôt et sourdingues, plus Lexomil que gin tonic, des mauvais clients pour toi.

— Merci José, fis-je en terminant mon café. Je vais aller voir du côté du fronton.

Les bistrots en question avaient une clientèle plus jeune que le Garra et plutôt considérée comme abertzale, même si ce n'était pas une constante. Sympathisants, ils étaient dans la mouvance, comme on dit. Je ne fréquentais pas souvent ces établissements, et quand il m'arrivait d'y entrer, c'était à l'heure apéritive, le plus souvent du soir, pour un épisode pinardier agrémenté de pintxos ou de cazuelas. Je ne me voyais donc pas arriver avec mes gros sabots et disperser mes questions à tout vent, comme un Larousse élémentaire. Je remis à plus tard mes investigations cibouriennes dans le milieu abertzale. Je traversai le quai pour me rendre côté port de plaisance où m'attendait mon fidèle pégase italien. Accoudé à la rambarde surplombant les pontons, je m'aérai la tête et l'esprit quand mon smartphone m'interpella : Petit Poulet. Bigre !

— Holà, vaillant limier, que me vaut l'honneur de cet appel matinal ?

— L'amitié, Xanti. Et un bout de doigt de LOL livré par La Poste au domicile des Lavie à Biarritz ce matin.

— Nom de Dieu, ça n'a pas traîné !

— Je sors de chez eux. Ils m'ont appelé dès qu'ils ont ouvert l'enveloppe. Ils sont sacrément secoués.

— Comment ont-ils reçu ça ?

— Dans une enveloppe pré timbrée, prêt-à-poster lettre prioritaire, livraison en 24 h, postée hier après-midi au bureau principal de Bayonne. Phalange dans un minuscule récipient contenant du formol, pas un mot dans l'enveloppe, destinataire, adresse, chiffres, en caractères bâton. Rien à espérer de ce côté-là.

— C'est quel doigt ?

— La première phalange de l'annulaire droit. Et dans l'enveloppe il y avait aussi la bague qui allait avec. Une améthyste, un bijou de famille, Bernadette Lavie l'a formellement reconnue.

— Et BAL ?

— Les Lavie m'ont laissé le soin de le prévenir, délicate attention.

— Et alors ?

— Salement secoué, lui aussi. En colère, mais pas que ça. Je l'ai senti comme dépassé.

— Dépassé par quoi ?

— Je n'en sais rien justement. Il m'a fait penser à un type qui perd les papiers. Pas trop le genre d'un mec comme ça, pourtant.

— Comment allez-vous procéder pour annoncer ça ?

— Nous allons protéger la famille en la laissant à l'écart. Mais nous allons mettre un embargo sur l'info. Pas question d'en parler à qui que ce soit. Même au PRP. Je l'ai demandé à BAL aussi. Je vais faire un point presse vers 17 h à la mairie de Saint-Jean-de-Luz sûrement. Je n'ai pas encore vu le maire, mais il sera d'accord. Nous allons envoyer une invitation à toutes les rédactions en début d'après-midi. Mais je tenais à t'informer le plus rapidement possible.

— C'est vraiment sympa de ta part, Petit Poulet. Je te vois donc tout à l'heure à la mairie. Et je te le répète encore une fois, tu es la crème des…

— Je sais, me coupa-t-il en rigolant.

— Ciao ciao, Petit Poulet, à tout à l'heure. Et merci encore

Putain ! on était passé du poker menteur à la dissection in vivo, KI ne rigolait pas. Geneviève avait encore raison. KI avait coincé LOL dans l'engrenage, elle y avait laissé un doigt. Et La Poste ? Pas mal, 24 h chrono, non ? C'est sûr qu'avec La Poste, KI s'était simplifié la vie. Mais KI avait bougé : trois fois. Pour les communiqués à France Bleu Pays basque et pour l'enveloppe. Forcément, à un moment ou à un autre, il s'était mis à découvert. Tout n'était pas perdu.

J'appelai Roland à *La Gazette*.

— Xanti, c'est de bonne heure pour appeler.

— Il n'y a pas d'heure pour les braves, Roland. Et je suis plein de bravitude. Et d'info aussi, Seignosse vient de m'appeler. Les Lavie ont reçu ce matin par La Poste une phalange de LOL et une bague qu'elle portait toujours.

— Qu'est-ce que tu me racontes, Xanti ? fit-il, la voix blanche.

— Tu as bien entendu, une phalange, une bague et aucun commentaire. Les rédactions vont recevoir bientôt une invitation à un point presse vers 17 h à la mairie de Saint-Jean-de-Luz. Nous avons toujours un petit coup d'avance parce que nous, nous sommes les seuls à savoir pourquoi.

— Ça prend une autre tournure, tout d'un coup, KI rebat les cartes. J'envoie Pibale à Saint-Jean-de-Luz tout à l'heure. Je ne sais pas si j'y serai.

— Moi, évidemment j'y serai, Roland. Envoie-moi un SMS pour me préciser l'endroit et l'heure, au cas où. D'ici là, motus et bouche cousue.

— Bien sûr, Xanti.

Cette façon de procéder me rappelait le rapt, à la fin des années 70, du baron Empain, noble belge, maître de forges, patron de la multinationale Schneider de l'époque. Lui aussi y avait laissé une phalange et avait été libéré plus de deux mois après son enlèvement. LOL était mal barrée.

Et Leporello ? Je n'osai même pas imaginer l'état dans lequel il allait se trouver à l'annonce de la vente à la découpe de sa patronne. C'est sûr que le flingueur allait s'armer comme un porte-avions pour promener sa sébile sous le nez des donateurs présumés. Pourrait-on défiscaliser tout ou partie de ces petits ruisseaux dont il espérait qu'ils fissent une grande rivière ? Il faudrait que je lui demande.

Trop fébrile pour aller jouer du rosé sur la place Louis-XIV, je décidai de déjeuner chez moi. Rien ne pressait, mais je regagnai Marinela d'un scooter impulsif.

Albinoni, Haendel, Pachelbel, Bach, Rameau, Vivaldi, il me fallut tous ces cracks de la musique baroque pour réfléchir à une situation qui ne l'était que trop. Adagio, alléluia, canon, clavier bien tempéré, galanterie indienne, touffeur de l'été, vinrent joliment à ma rescousse dans un reposant continuo. Enfin mon esprit put prendre la pause : LOL et compagnie étaient allés voir ailleurs, libérant mes rouages pour d'autres révolutions. Malgré la tournure des événements, c'est KI qu'il me fallait disséquer.

Hier, Bernadette Lavie annonce à 13 h qu'elle ne paiera pas la rançon. KI réplique en mettant en garde l'entourage de LOL, par un communiqué diffusé vers 16 h, donc déposé à la radio avant cette heure-là. Ce matin. La Poste livre, dans la boîte aux lettres des Lavie, l'enveloppe contenant une phalange de LOL. La levée du courrier se fait à 16 h au bureau principal situé sur les Allées-Marines. Pas loin des locaux de France Bleu Pays basque.

Pondre une déclaration dont tous les mots sont pesés, et couper le doigt d'une main, ne se faisaient ni à la Luchini, ni au pied levé. Pour le communiquant comme pour le trancheur, un minimum de préparation, voire de méthodologie, semblait nécessaire, même de la part d'un ténor de la com ou d'un virtuose du couteau à désosser. Et même si les deux praticiens ne se trouvaient pas au même endroit, le tempo de l'opération indiquait que ce ou ces lieux étaient proches de Bayonne. Posté à Bayonne, obligatoirement avant 16 h, le doigt n'était sans doute pas arrivé à pied, mais il ne venait pas de loin.

La musique n'adoucissait pas que les nurses, elle me permettait également de réfléchir.

Rameau, maintenant, me proposait un doigt de Xerxès, c'était bien le moment. De mes tréfonds les plus triviaux – si, si, j'en avais – sourdait une légère envie, s'installait une faiblesse dans ma constitution, se diffusait un imperceptible manquement : j'avais un petit creux. Aller vers le frigo fut mon voyage à Reims. Il fallait bien grignoter avant de rejoindre la mairie de Saint-Jean-de-Luz.

Deux œufs, deux tranches de lomo, quelques pikillos en tiras, firent l'affaire Je fis chauffer la plancha. Un Anjou frais et rouge constitua l'accompagnement liquide de cet impromptu que je m'apprêtai à mettre en musique. Je commençai par les pikillos, le lomo suivit et enfin les œufs que j'espelettai d'une main douce. À la guerre comme à la guerre. Les baroqueux avaient plié les gaules, aussi j'allumai la radio. Mais rien ne troubla ma rustique dégustation. J'eus donc la digestion facile, facilitée par la suite de la lecture du *Canard enchaîné*, commencée la veille. Pour rester dans le tempo, je m'attaquai à la rubrique « Conflit de canard ».

Chapitre VIII

Jeudi après-midi et soir

KI reprend la main

Mon smartphone frissonna. Un SMS de Roland : Point presse mairie Luz 17 h.

Je repris ma lecture. Lobbying, pesticides, listeria, Autorité Européenne de Sécurité des Aliments, tout ça me restait un peu sur l'estomac et je me mis à réfléchir à poings fermés. Je flottai dans un éther improbable quand le fameux jingle me tira de mon absence. Five o'clock pour les Anglais, KI c'était 16 h, encore une fois. Pas le même fuseau, faut croire.

Le journaliste commença.

« Un enregistrement contenu dans une clé USB, concernant l'enlèvement de Liliane Obier-Lavie, vient de parvenir à la rédaction de France Bleu Pays basque.

Nous allons le diffuser à l'instant ». Une voix nasillarde et étouffée se fit alors entendre en euskara, puis en français : « Le mépris conjugué à l'entêtement, de l'entourage de Liliane Obier-Lavie, nous a obligés à prendre des décisions radicales et à employer la manière forte, la seule que l'on semble comprendre autour d'elle. La décision que nous venons de prendre nous a été dictée par la nécessité absolue de rappeler que la paix est indispensable au développement harmonieux du Pays basque. Nous n'avons pas d'état d'âme et nous sommes déterminés. Nous ne transigerons pas. Nous continuerons de veiller farouchement aux intérêts du peuple basque. La seule solution est la négociation. Nous attendons donc un geste. Gora KI ! Gora Euskadi askatuta ! »

C'était reparti. Mais KI était aussi un maître du mystère. Il ménageait le suspense jusqu'au point presse de Petit Poulet. Travailleraient-ils la main dans la main ? C'était à se le demander. En tout cas, KI avait un œil dans une des rédactions du Pays basque. Faire « tomber » son communiqué une heure avant le point presse de Petit Poulet, tout en ne disant rien de ce que ce point presse allait révéler, trancher dans le vif, montrait qu'il avait le sens du suspense. Puis faire un doigt d'horreur, par LOL interposée, à l'adresse de tous les médias réunis, montrait aussi un sens certain de la communication. Et ce, dans la mairie qui avait été le QG de LOL pendant ses années de gloire, c'était aussi convoquer la symbolique. Bien chiadée la manip de KI.

Je me préparai à traverser le pont pour me rendre à Saint-Jean-de-Luz. D'un coup d'éperon, j'y fus tout de suite. Mon platane m'attendait sur le parking face au port, je lui confiai mon destrier. J'aimais bien arriver légèrement à l'avance aux conférences de presse ou autres rendez-vous proposés aux médias. Prendre le pouls de l'endroit, en humer l'ambiance, voir arriver les gens : appréhender la couleur du tableau que l'on allait nous peindre. Je contournai la mairie en passant par le port, observant du quai le trafic sur la place Louis-XIV. Quelques bleu marine balisaient l'entrée de la mairie, des représentants de l'engeance médiatique, micros ou caméras aiguisés, formaient les faisceaux devant la grille. Leporello était là. Très entouré le bon Raoul, de sa garde rapprochée et de quelques médias qu'il accueillait tout sourire. L'évocation de sa tirade dans mon papier de ce matin ne devait pas être étrangère à sa popularité. Enfin, toute cette petite troupe gravit les escaliers pour s'engouffrer dans la mairie. Je suivis le mouvement de loin et je m'installai, selon mon habitude, au fond de la salle : puisque je connaissais déjà les réponses, je n'avais aucune question à poser, et du fond, on peut observer tout à loisir. Je chopai Pibale au passage. Lui, il était tout le temps à la bourre. Je le briefai rapidos. Eneko Haraneder, le maire de Saint-Jean-de-Luz, entra le premier dans la pièce, suivi de Petit Poulet et de son second, Bruno Subelet. Petit Poulet s'assit au centre de la table où foisonnaient micros et magnétophones.

Il salua l'assistance, la remercia de sa présence et commença. Il évoqua l'affaire depuis son début, puis il s'attarda sur le dernier communiqué de KI, enfin il annonça qu'il allait expliquer ce que l'organisation clandestine avait voulu dire dans « la décision que nous venons de prendre » : très fort, Petit Poulet, il menait son monde au doigt et à l'œil, forcément. Il expliqua donc que KI, pour faire pièce au refus de négocier de la famille et du PRP, avait envoyé au domicile des Lavie, à Biarritz, une enveloppe pré timbrée postée à Bayonne au bureau central. Et quand il révéla le contenu de l'enveloppe, une phalange de l'annulaire droit de LOL, accompagnée de la bague qui allait avec, il s'ensuivit un « oh ! » secouant l'assistance, comme quand le magicien, au lieu du gentil lapin blanc, sort de son chapeau une tourterelle sanguinolente. Ce qui expliquait, continua Petit Poulet, « La seule solution est la négociation. Nous attendons un geste », phrases qui terminaient le communiqué.

Il accepta un léger ping-pong de questions et réponses, avant de clore l'envoi. « Nous sommes à votre disposition pour des interviews, derrière la mairie, sur le port, vous pourrez faire de belles images », annonça-t-il.

Pro jusqu'au bout des ongles Petit Poulet, non ?

Il fallait absolument que je voie Leporello. Il sortit comme une furie, et j'eus bien du mal à lui emboîter le pas de charge qu'il avait choisi pour dévaler les escaliers. Cécile Sorel furax, il ne trouva aucune Mistinguett à qui demander : « L'ai-je bien descendu ? »

— Alors, lui fis-je, quand je l'eus rattrapé.

— Un peu que j'avais raison de m'énerver ! commença-t-il. Y en a qui poussent le bouchon trop loin. Il va mettre les pieds dans le plat, Raoul. De la sauce plein la moquette qu'il y aura. Couper des doigts. Comme au Moyen-Âge. Ça va s'arrêter où, ce bordel ? Parce que LOL, elle en a encore dix-neuf, de doigts. Sans compter les phalanges. Mais qu'est-ce qu'elle fout la police ? Elle attend quoi ? Qu'on nous la livre par Chronopost morceau par morceau, pour qu'on la remonte nous-mêmes comme une armoire Ikea.

— Vous allez donc dévisser le manche du makila.

— C'est déjà fait, j'ai vérifié le pas de vis hier.

— Et ça marche votre tournée des popotes ?

— Jusqu'à hier soir, beaucoup n'en voyaient pas encore l'utilité. Je vais me charger de repasser les voir. On fait bien des rappels contre la Diphtérie-Tétanos-Polyo, je ne vais pas me gêner pour en faire contre la connerie.

— Et ça pourra être déductible des impôts ?

— Ah, ne vous y mettez pas vous aussi !

— Pourquoi, il y en a qui vous ont posé la question ?

— Bien sûr. Le militantisme de papa, idéaliste, docile et parfois sanguin, c'est terminé. Aujourd'hui, il est aussi fiscal. On milite avec son chéquier, c'est bien moins salissant que les affiches, la colle et le pinceau.

— Vous reprenez donc votre makila, tantôt pèlerin, tantôt vaccinateur.

— C'est ça, je ne désespère pas. Quant aux autres dépeceurs, j'espère qu'ils vont attendre un peu que ça cicatrise avant de rejouer du scalpel.

— Vous comptez réunir la totalité de la rançon ?

— Bien sûr que non. Mais assez pour faire réfléchir ceux qui auraient dû réfléchir avant.

— Combien pensez-vous pouvoir récolter ? Peut-être que trouver le Graal serait plus facile.

— Peut-être. Je n'ai aucune idée du montant qui déclencherait quelque chose, mais je vais mettre le paquet, croyez-moi. Il n'a pas dit son dernier mot, Raoul.

— Je le crois. À bientôt.

Centurion pugnace, Leporello rejoignit ses légionnaires qui formaient les faisceaux au pied des escaliers du kiosque.

Je me dirigeai vers le quai où Petit Poulet s'exprimait avec aisance, pendant que Bruno Subelet organisait les interviews avec maîtrise : une équipe bien rodée. Je m'appuyai contre une remorque pleine de filets en attendant que le soufflé retombe. Bientôt, micros et caméras gavés, l'engeance médiatique plia les gaules et abandonna la place. J'attirai l'attention de Petit Poulet avant de m'approcher.

— Xanti, tu ne m'avais pas parlé du sacristain Leporello et de la quête qu'il se proposait de faire, commença-t-il sur un ton mi-raisin mi-raisin.

— Je sens un léger reproche. Je l'ai appelé au téléphone mercredi après-midi et j'ai jugé cette réaction secondaire, mais amusante et vendeuse, c'est pourquoi je ne t'ai pas averti car elle ne faisait pas avancer le schmilblick.

— J'accepte ton explication.

— J'aime ta magnanimité. Par contre, je viens de discuter avec lui. Il se demande d'ailleurs ce que vous foutez à laisser partir LOL comme ça, en petits morceaux. Il a déjà commencé à tendre la sébile sans trop de résultat, le militant est âpre au débours. Mais il va continuer, plus offensivement, m'a-t-il dit. Et ça, ça va t'intéresser ; s'il s'est lancé dans la quête, ce n'est pas pour réunir la totalité de la rançon, mais suffisamment pour faire pression sur la famille et le PRP, afin qu'ils crachent au bassinet. Il ne m'a pas indiqué le montant qu'il estime pouvoir atteindre pour que son action soit prise en compte.

Et toi, tu as du nouveau ? BAL par exemple. On t'a interrogé sur lui ?

— Sur le PRP en général, mais pas sur lui. Alors je n'ai rien dit.

— Et tu as des choses à me dire.

— J'ai eu BAL en début d'après-midi. Il va aider Leporello.

— Leporello le sait ?

— Normalement oui.

— C'est donc pour ça...

— Pour ça, quoi ?

— Il n'a pas dit son dernier mot, Raoul, voilà ce qu'il m'a dit pour terminer notre entretien. Et pour ce qui est de l'enlèvement ?

— Que dalle. À croire que les ravisseurs sont passés par les égouts pour arriver et repartir.

— Merci, Petit Poulet, pour cet éclairage nouveau sur Leporello, à suivre plus que jamais. J'avoue que je n'avais pas pensé aux conséquences, chez BAL notamment, de son engagement à recouvrer des fonds. Mais c'est toi le flic, chacun son métier, finalement.

— J'aime te l'entendre dire.

— Bon, je t'appelle demain en fin de matinée.

— Salut Xanti.

Il était temps de me mettre à gratter.

Je repassai le pont et rejoignis Marinela à bride abattue.

Je commençai par *La Gazette* aux lecteurs de laquelle je servis un doigt de LOL, mais pas plus, il fallait être raisonnable, évoquant le baron Empain. Par contre, je repartis pour un tour avec ce bon Raoul qui devenait, au fil de l'enquête, un excellent client, plein de ressources, et dont je me régalai à régaler le lecteur de ses formules à l'emporte-pièce. Sancho Panza avait désormais le soutien de BAL, et les militants fiscaux la tête couverte de cendres. Et puis je plaçai KI au centre des débats en soulignant son habileté manœuvrière, son sens du tempo et de la symbolique. En coupant court à toute ambigüité et à toute tergiversation quant à sa détermination, il devenait un protagoniste désormais majeur qui avait su quitter les coulisses et obligé les projecteurs à l'éclairer : il ne détenait plus quelqu'un dont la récupération n'intéressait pas grand monde, il avait en son pouvoir un otage. Et grâce à lui, LOL, de valise oubliée dans un hall de gare, était devenue un colis inquiétant et dangereux, dont il fallait se dépêcher de trouver la consigne et la clé pour l'ouvrir, avant qu'il n'explose méchamment. KI était devenu le Van Gogh de LOL, sa femme au doigt coupé. Elle était redevenue bancable au moment même où elle semblait rejoindre le camp des yakuzas fautifs : ce n'est pas toujours simple, la vie. Je titrai « Un doigt dans l'engrenage » et j'envoyai.

J'attendis un moment avant d'appeler Roland.

— Xanti, c'est un bon client, ce Leporello. Continue à le suivre. Une et page 3 bien sûr. Pibale a mitraillé, nous avons toute une série de photos. Il faudrait que l'enquête décolle maintenant.

— À qui le dis-tu ! Les flics sont secs, et moi pareil. Croisons les doigts.

— À demain, Xanti.

— Ciao ciao, Roland.

Je mis moins de Leporello dans mon papier pour *Le Parisien*, mais je n'occultai pas la démarche volontaire, malgré les désillusions fiscales, du bon Raoul, à laquelle j'associai le coup de pouce de BAL. J'articulai le tout autour de l'annulaire qui, bien que tragiquement réduit, prenait toute la place. Je rappelai la similitude des faits avec l'enlèvement du baron Empain et son amputation d'une phalange. Je terminai en évoquant les interrogations que ne manquerait pas de susciter l'attitude de KI au sein du PRP et dans la famille Lavie. Je titrai « Doigt d'horreur » et j'envoyai.

Au *Parisien*, on me passa Kattalin.

— Mais c'est horrible, cette histoire, Xanti.

— Pourtant, il n'y a pas mieux pour qu'on reparle de la rançon.

— Tu as raison, mais quand même. C'est sauvage, cette façon de procéder.

— On verra si c'est efficace.

— Ah, j'oubliais, Pibale m'a envoyé des photos du point presse, nous sommes parés.

— Parfait Kattalin, je t'embrasse.

— Moi aussi Xanti. Demain 2 500 signes.

Le temps d'appeler la magicienne était venu.

— Madame L'Oréal, je te salue. Il s'est passé beaucoup de choses aujourd'hui, et j'ai des trucs à te raconter plein la besace.

— D'après ce que j'ai entendu, Rouletabille, la journée n'a pas été un long fleuve tranquille.

— Oh que non !

— Monte avec du txakoli, il ne me reste qu'une bouteille, je me suis fait surprendre.

— Ne le sois plus, j'arrive convenablement lesté.

Mon ascension de la colline enchantée se fit sans encombre, le coffre de ma machine italienne étant admirablement conçu, même pour accueillir des quilles que Getaria mûrit sur ses coteaux iodés.

Je laissai mon scooter sous l'arbre. Le chien me renifla suspicieusement puis il me gratifia d'un marquage à la culotte jusqu'à la porte. Décidément, ce clébard était d'une connerie sans nom : maintenant, il ne me reconnaissait plus. Il mériterait que j'en parle à Pavlov. J'envoyai mon spécial à la sonnette sous le regard bovin de ce canin dégénéré.

Chez les duettistes danois du son, Dean Martin nous disait qu'il aimait entendre l'orgue in the chapel in the moon light, ainsi accompagna-t-il mon entrée, alors que trivialement, je descendais les escaliers, une bouteille de txakoli dans chaque main. Escorté d'acras de morue, un seau entourait le dernier spécimen du stock de Geneviève de son affection glacée, aussi je poussai jusqu'à la cuisine pour confier mon réapprovisionnement au frigo.

Après notre nécessaire reconnaissance labiale, un tantinet linguale aussi, je l'avoue, je pris place aux côtés de la madone du canapé.

— Alors, raconte ! fit-elle.

Et je lui déroulai ma journée comme une Ariane sûre de son fil. Rien n'y manqua. De la lettre pré-timbrée postée la veille à Bayonne, au soutien de BAL à l'entreprise d'extension de fonds organisée par ce bon Raoul. L'un parlant, l'autre écoutant, nous fîmes quelques pauses txakoli, breuvage épatamment idoine pour s'oxygéner les méninges en douceur, surtout s'il est accompagné des beignets faisant la piquante fierté des Antilles.

Et la douceur et le piquant, nous aimions ça, Geneviève et moi.

— Dans cette affaire, il y a une chose qui m'intrigue, commença-t-elle. C'est l'attitude de BAL. Souviens-toi. Au cours des contacts qu'il a eus avec lui, Petit Poulet l'a trouvé dépassé, perdant les papiers, curieuse impression donnée par quelqu'un qui a dû en affronter des coups durs de toutes sortes, au cours de sa vie politique, bien souvent à un poste de responsabilité. Aujourd'hui encore, il en occupe un. Il donne l'image de quelqu'un d'irrésolu, et puis, il s'en va soutenir Leporello, contre vents partisans et marées familiales. Je trouve ça bizarre. Ce n'est pas cohérent. Il avait l'air de se résoudre à accepter la position du PRP et de la famille, et puis il tourne casaque. Il s'est passé quelque chose. Je ne vois que ça pour expliquer ce changement. Tu devrais chercher de ce côté-là.

— Tu sais, il a la plus mauvaise place. Il y a le marteau, l'enclume et lui au milieu. On serait déstabilisé pour moins que ça. C'est du moins ce que je pense.

— Oui, oui, tu as raison, Rouletabille. Mais il n'y a pas que ça.

La nuit assombrissait la pièce et ma capacité de déduction. J'avais pas mal donné aujourd'hui. Je méritais une petite suspension de séance. Au moins jusqu'à demain.

— Qu'as-tu en magasin ? demandai-je. Une sustentation calme et voluptueuse, avec partenaire et produits de qualité, me remettrait le métabolisme a gusto.

— J'ai du merlu, de l'Aldanondo…

— Ne va pas plus loin, tu as tout ce qu'il me faut. Voilà ce que je te propose : merlu rebozado, risotto aux lardons fumés déglacés au txakoli, soyons fous, et fromage.

— Rouletabille, tu es un magicien.

— Non, Circé, la magicienne c'est toi. Mais j'ai d'autres atouts, c'est vrai.

— Modeste en plus, tu me plais de plus en plus.

L'Aldanondo est un avatar du fromage de brebis Idiazabal produit dans le village éponyme. Comme l'Idiazabal, qui peut, en plus, se targuer d'une AOP, l'Aldanondo bénéficie de la DO, Denominacion de Origen. Produit au sud-est de Saint-Sébastien, il peut être fumé, ahumado, c'est cet Aldanondo-là que je préfère. Et en plus, comme l'Idiazabal, il prévient l'ostéoporose. Se faire plaisir en se faisant du bien, pourquoi s'en priver ?

Le plus long à faire fut le risotto. Mais nous sûmes lutter contre le temps qui coule en faisant ruisseler le txakoli en cascades légères, comme le sucre d'orge parfumé à l'anis coulait dans la gorge d'Annie, aux temps bénis de Gainsbourg et de ses chansons subtiles et coquines.

La terrasse, en configuration nocturne, accueillit bien sûr nos sages agapes piquetées des lueurs tressautantes des lumignons. Le mariage entre le risotto et son bouillon de poule, et les lardons dopés au txakoli se fit sous le régime de la communauté réduite aux acquêts, mais quels acquêts ! À refaire assurément. Et pas de notaire non plus pour la donation au dernier vivant : il n'y en eut pas. Le risotto et le merlu trépassèrent sous nos assauts répétés mais paisibles. L'Aldanondo, coupé en tranches arachnéennes avec un petit tranchoir de fromage à raclette, s'unit lui aussi fort bien au txakoli. Ce n'était plus un repas, mais une bénédiction nuptiale. Il ne manquait plus qu'Elgar et sa marche *Pomp and Circumstance*.

La nuit nous était douce, recouvrant nos épaules d'un châle lénifiant. Ça sentait le fauteuil, le magazine TV qui se refermait tout seul et la 300e diffusion de *La vache et le prisonnier*. Mais Dieu merci, nous ne regardions pas la TV et les programmes que nous préférions étaient ceux que nous concoctions à notre demande exclusive. Même si bien souvent, c'était vrai, le plus intéressant était programmé en toute fin de soirée. Mais pour l'heure, il nous manquait ce qui concluait toujours nos intermèdes gourmands, le café-piston. Interlude obligé entre ici où tout n'était qu'ordre et beauté, et là, en haut des escaliers, où luxe et volupté dominaient. Quant au calme, c'était une autre histoire.

Nous prîmes le café-piston dans la balancelle, havre balançant de nos rêveries. Nuit brune, pas de clocher jauni, mais la lune comme un point sur un i. Le temps était venu de la ballade et d'envoyer tout balader. Cette nuit, qui venait nous cueillir, ne nous porterait pas conseil. Car, arrivés en haut des escaliers, nous ne l'écouterions plus. D'autres rythmes, d'autres tempi nous gouverneraient. D'autres invites aussi. Et d'autres combats. Mais la nuit n'entrerait pas. Elle resterait dehors. Il fallait bien que quelqu'un se dévoue pour tenir compagnie à la Lune, là, toute seule, comme un point sur un i.

Chapitre IX

Vendredi matin

Et vogue la galère

Fossettes, baisers, escamotage en douceur, j'avais suivi le rituel précis et furtif qui réglait nos matins à Bordagain. Vétilleux, soupçonneux, silencieux, le chien m'avait accompagné jusqu'à mon scooter Peut-être avait-il suivi un stage de recyclage et appliquait-il de nouvelles consignes, sans distinction de statut, mettant tous les visiteurs de la magicienne sur un pied d'égalité ? Nimbé de soleil et de tonicité, je descendis vers l'agitation et le tumulte. Détour par Marinela pour me changer, puis direction Socoa. La fraîcheur de l'onde, l'iode et le sel, accentuèrent encore cette sensation d'ardeur et de vigueur qui me guidait depuis mon réveil. Je me freinai même, car j'avais tendance à arpenter la digue comme un bersaglier la montagne sarde, chapeau et plumes de coq de bruyère en moins. Des paysages comme ça, il n'y en avait pas des masses, il fallait donc s'en gorger encore et encore. Et puis retarder le moment du retour à la normalité. Même si la normalité du Pays basque se hissait bien souvent à la hauteur de l'exceptionnel ailleurs. Seuls les oiseaux me regardaient de haut, escaladant les nues, courant ascendant par courant ascendant. Mais je m'en foutais, aujourd'hui j'étais gonflé à bloc et pas d'humeur à me laisser emmerder par des porteurs de plumes. Ni par autre chose, d'ailleurs. Loin de l'Atlas, j'avais pourtant bouffé du lion. Les œufs au bacon firent aussi l'affaire, après quoi je me douchai en fredonnant, pourquoi pas? *L'homme de ma vie* de Diane Dufresne. Car je pensais à BAL. Et à LOL. Et à qui était l'homme tenant sa vie dans ses mains. C'est ça qu'il fallait que je trouve. Ou plutôt comment elle était arrivée là où elle était. Laisser Leporello à son Graal et me recentrer sur l'enlèvement. C'est sur ces résolutions, quasiment farouches, sans être encore tout à fait martiales, que j'enfourchai mon scooter. C'était sûr, il fallait que je me mette en ordre de marche. Et ça commencerait par un café aux halles, je n'avais pas dit « sur le pied de guerre ».

Les jumeaux de l'immo sacrifiaient à la caféine au comptoir de la Bodega des Halles, je m'approchai.

— Xanti, quel bon vent t'amène? commença l'un, je te commande un café.

— Un vent chargé d'hémoglobine et de millions d'euros, répondis-je. Et de pédalage dans la semoule aussi. Personne n'a rien vu et rien entendu, ni sur le quai Ravel, ni dans la rue Pocalette.

— Je comprends ta frustration, embraya l'autre. Pourtant le Cibourien est toujours aux aguets.

— C'est incompréhensible, repris-je. Moi, passe encore. Mais la police n'a pas le moindre début de piste.

— C'est ce qu'ils te disent, fit le premier.

— Il n'y a aucune raison que Seignosse me mène en bateau, fis-je.

Pendant que la sœur du patron, une brune qui ne comptait pas pour des prunes, posait le café devant moi, Ttobert, un tonton du béton, accosta à nos rivages.

— Xanti, explique-nous tout, commença-t-il avant de commander un café.

— Justement, il ne peut pas, c'est ce qu'il nous disait, expliqua le second.

— Ttobert, si tu connais quelqu'un sur le quai Ravel ou dans la rue Pocalette qui a entendu ou vu quelque chose dans la nuit de l'enlèvement, je suis preneur.

— Demande à LOL, fit-il, son petit doigt lui a peut-être dit quelque chose.

Fusa un triple « Que tu es con ! ».

— Désolé, je n'ai pas pu m'en empêcher, regretta-t-il. Comme ça, c'est fait.

— Le schmilblick n'avance pas, c'est la pauvre réalité, continuai-je.

— Le pognon, le doigt coupé, Le Roseau qui pense avec les pieds, voilà où tout le monde en est, alors ? reprit Ttobert. Et personne ne vous a acheté une maison avec une cave sécurisée ? demanda-t-il aux jumeaux de l'immo.

— La mode est plutôt aux terrasses qu'aux caves, en ce moment, fit l'un.

— Je vais vous laisser, fis-je. Je dois aller à la pêche.

— Fais gaffe, Xanti, prévint l'autre, c'est la période des vives, ça pique.

Je repassai le pont et me garai près de la capitainerie de Larraldenia, au-dessus des pontons. Je m'avançai vers le Pierre Loti le canot de la SNSM, face à la Maison Ravel. L'appartement de LOL était juste un peu plus loin. L'esprit encombré, je flânai quand un « Hep Xanti » attira mon attention. Jacques Muskoa était en train d'installer un panneau solaire à la poupe de son voilier, Txistu, pour recharger ses batteries. Dans la rambarde, j'ouvris le portillon donnant accès au ponton flottant et je descendis le rejoindre. Je m'avançai entre Txistu et son voisin, sur l'étroit prolongement du ponton où ils étaient amarrés, je me mis au garde-à-vous et je stridulai en imitant le sifflet de gabier, avant de me soumettre à ce qui était un rituel entre nous :

— Autorisation de monter à bord demandée.

— Autorisation accordée.

Je posai le bout de ma chaussure dans l'espace aménagé à cet effet dans le filet tressé sur le garde-corps avant de l'enjamber.

— Bienvenue à bord, commença-t-il, as-tu retrouvé LOL ?

— Hélas non, Jacques. Je suis comme Ma Sœur Anne, je ne vois rien venir. Je cherche, je fouine, et je reviens sur les lieux du crime. Même si je ne suis pas l'assassin.

— Je ne vais pas t'être d'une grande utilité pour ce qui est de ce qui se passe sur le plancher des vaches. Je suis revenu de Santander hier après une escale à Castro Urdiales et à Getaria.

— Quand es-tu parti ?

— En début de semaine dernière, avec Dany et un couple d'amis. C'est pourquoi hier, quelle ne fut pas ma surprise quand j'ai appris la nouvelle, en te lisant dans *La Gazette* d'ailleurs. D'où ma question.

— Le Cap Matxitxako a-t-il était clément ?

— À moitié. Nous l'avons passé au moteur à l'aller, mais à la voile au retour, avec un ris, en plus.

Pendant notre discussion, il avait terminé son installation et fermait le panneau donnant accès à la cabine.

— Xanti, j'ai terminé mon bricolage pour aujourd'hui. Sur un bateau, ce n'est jamais fini.

Je quittai le bord devant lui. Nous remontâmes sur le quai et nous nous quittâmes. Il farfouilla dans le coffre de sa voiture puis sortit du parking. Je continuai ma déambulation jusqu'à l'épi de roches bouclant le port de plaisance vers l'embouchure de la Nivelle. J'étais parvenu au dernier ponton, parallèle à l'épi. Là, pas de voilier, que des belles unités armées pour la pêche sportive et dont les propriétaires avaient d'autres occupations, car ils ne sortaient pas très souvent. À part Hiva Oa III et Sokorri, un yacht de pêche, pourrait-on dire, dessiné et construit tout en bois sur les plans d'un thonier traditionnel. Et à même pas une encablure, sur le quai Ravel qui longeait le port, la maison et l'appartement où LOL avait été enlevée, de l'autre côté de la chaussée. Je me souvins alors des paroles de Petit Poulet hier sur le port, à l'issue du point presse, à propos de l'enlèvement proprement dit : « Que dalle. À croire que les ravisseurs sont passés par les égouts pour arriver et repartir. »

Et si c'était ailleurs que par les égouts, qu'ils étaient passés ? Qu'y a-t-il à proximité du quai Ravel ? Larraldenia et son port de plaisance, l'embouchure de la Nivelle, la baie, les digues, la mer, et vogue la galère. LOL enlevée par les Barbaresques, jetée à fond de cale d'un vaisseau pirate, prête à être vendue aux marchands de Candy avant d'être livrée au sultan pour peupler son harem. Je crois que je m'égare, ça c'est Angélique la Marquise des Anges. Et puis Leporello dans le rôle du Grand Eunuque, ça ne le ferait pas trop non plus. Mais je hissai quand même les voiles pour mettre le cap sur cette direction.

D'abord je descendis sur le premier ponton que j'empruntai avec circonspection autant que componction, tout en examinant les bateaux. Nada. Je remis ça sur le deuxième ponton. Nib. Inspection du troisième ponton, celui de Txistu. Que dalle. Il me restait le dernier, dont le premier occupant était le Pierre Loti III, le canot de la SNSM. Je descendis, scrutant les bateaux et le ponton. J'étais arrivé presqu'au bout quand je repérai, coincé entre les lattes de bois du ponton, un truc blanc sale, genre billet de banque. Je m'accroupis, ce n'était pas un billet, adieu la fortune. Mais un morceau de gaze. Pas trop le truc qu'utilisent les pêcheurs pour aller à la bonite. Je le tirai de son interstice : une compresse de gaze. Qui sentait l'éther. Bigre ! Je la coinçai entre le pouce et l'index et j'examinai ce ponton et les bateaux qui y étaient amarrés, d'un autre œil. Le dernier particulièrement. Le Jaizkibel, un bâtiment de 45 pieds environ dont les fenêtres et les hublots étaient soigneusement occultés par des rideaux maintenus en place au moyen de pressions parfaitement enfoncées. La plage arrière, large et dégagée, n'était encombrée par aucun de ces ustensiles ou accessoires dont les pêcheurs ou les plaisanciers aiment à s'équiper et qui traînent toujours sur les bateaux, lovés dans un coin ou suspendus quelque part. Sur ce bateau, l'ordre et le dépouillement régnaient. Il ne devait pas prendre souvent la mer. Mais, car il y avait un mais, le portillon, côté bâbord, donnant accès à la plage arrière et donc au bateau, au ras de la plateforme de poupe qui permettait d'accéder au bateau depuis le ponton ou de se baigner en mer, n'était pas convenablement fermé. Bizarre, quand on voyait le parfait ordonnancement du reste du pont. Et le matelot qui venait y faire des visites de routine, s'il y en avait un, devait appliquer à ses interventions, la même méticulosité que celle dont le propriétaire faisait preuve pour l'entretien de ce bateau à l'état impeccable. Je m'enhardis et poussai le portillon du genou. Je m'approchai de la triple porte coulissante vitrée qui donnait accès à l'intérieur du bateau. Une serrure, type serrure de voiture, en commandait l'ouverture ou la fermeture. Des traces étaient visibles sur le barillet, comme si on avait voulu la forcer, mais avec doigté quand même. Je ne voulais pas laisser mes empreintes sur la porte, aussi je tentai de la manœuvrer en la poussant de l'épaule. Rien, elle était fermée. Je retournai sur le ponton que j'examinai avec acuité. L'embarquement pour si terne de LOL s'était passé de nuit. Or, face au bateau qu'utilisent les pompiers pour leurs exercices maritimes, sur le ponton, du côté opposé aux bateaux, se dresse un piquet métallique surmonté d'un projecteur à déclenchement automatique après détection de mouvement. Puisque personne n'avait rien remarqué, apparemment, ce projecteur ne s'était pas déclenché. Je m'accroupis à la base du piquet et je remarquai que le fil électrique alimentant le projecteur avait été sectionné. Bingo ! Cette petite visite portuaire, sans dépouille mais avec farfouille, s'était révélée intéressante. Je remontai sur le quai, me promettant d'y revenir avec gourmandise, et me dirigeai vers mon scooter dans le coffre duquel je déposai avec précaution le morceau de gaze éthérée mais si prégnante.

Puis je décidai de me rendre à la capitainerie pour y récupérer un calendrier des marées : toujours avoir un calendrier des marées quand on a affaire avec l'océan. J'en profitai pour en savoir un peu plus sur le Jaizkibel, belle unité ayant suscité ma curiosité. Bien sûr je ne parlai pas du fil sectionné. Le Jaizkibel était équipé de deux moteurs Volvo de 250 CV chacun, et son propriétaire, Ernest Wallon, un Toulousain, venait en juillet à Ciboure pendant deux semaines où il pêchait quasiment tous les jours. Il avait une maison à Bordagain où il passait Noël et Pâques en famille. De ce côté-là, j'étais paré. Il était bientôt l'heure d'appeler Petit Poulet.

— Salut à toi, maître du mystère, du suspense et des médias, commençai-je.

— Comme marchand de cabrioles, tu n'es pas mal non plus, Xanti, embraya-t-il. Décidément, ce Leporello t'inspire. Pas mal non plus le coup de pouce, si je puis dire, de KI à LOL, la remettant, malgré elle et malgré lui, au centre du jeu.

— Merci de cette appréciation de connaisseur. Mais l'enlèvement ?

— Toujours rien, le mystère justement.

— Bon. Alors tu devrais m'inviter à déjeuner. J'ai peut-être quelque chose pour toi.

— Tu me tues. Je m'échine et transpire pour rien, et toi tu sifflotes et papillonnes et tu trouves.

— Ne te lamente pas, c'est grâce à toi que j'ai trouvé quelque chose. Sur le port de Larraldenia.

— J'ai compris. Alors, 13 h à Arrantzaleak.

— Merci, tu ne le regretteras pas. Du moins, je l'espère.

Arrantzaleak, les pêcheurs en euskara, était un restaurant de poissons à Ciboure, au bord de la Nivelle en allant vers le golf du même nom. Une cuisine sans surprise et toujours impeccable, voilà ce que proposait Ramuntxo le patron, comme ses parents le faisaient avant lui, le plus souvent au grill. Arrantzaleak ne décevait jamais dans son décor mi cabane du pêcheur, mi Bar de la Marine.

Je m'y présentai à 13 h pétantes et je garai mon scooter à côté du plan incliné utilisé par les pêcheurs pour sortir ou mettre à l'eau leurs bateaux, sous les criailleries majuscules des mouettes et des goélands assurant le spectacle. En effet, immuablement tous les jours à 13 h, Ramuntxo et son équipe déposaient sur la murette de la promenade faisant face au restaurant, des morceaux de pain ou autres gourmandises pour l'engeance à plumes, qui se posait et décollait le bec rempli, sur un rythme infernal, comme les avions de chasse de l'aéronavale sur le Charles-de-Gaulle, quand il est en état de marche. Finalement, il valait mieux aller à Arrantzaleak, là c'était tous les jours.

Petit Poulet arriva quasiment en même temps que moi et se gara pas loin de mon scooter.

— Qu'est-ce que tu as là, me fit-il en désignant le petit sac de congélation que je tenais à la main.

Arrivé chez moi, en effet, j'y avais glissé ma précieuse trouvaille.

— Abonné aux gazes, lui répondis-je, mais pas à l'électricité, je vais t'expliquer.

Et nous entrâmes de conserve dans l'auberge aux poissons.

— Bonjour commissaire, lui dit Ramuntxo qui trônait dans l'entrée. Ah, c'est toi le deuxième, Xanti.

— C'est moi, Ramuntxo.

Et il nous montra notre table dans un coin, au fond de la salle de droite. Discret, comme l'aimait Petit Poulet. Qui s'installa dos aux autres tables.

— J'ai commandé des fruits de mer, une daurade grillée et du txakoli. Tu n'y vois pas d'inconvénient? commença-t-il.

— Pas d'objection, Votre Honneur. Voilà, fis-je, en poussant le sac devant lui. Je l'ai trouvé sur un ponton à Larraldenia. Souviens-toi, hier, après le point-presse, au sujet de l'enquête, tu m'as dit: « Que dalle. À croire que les ravisseurs sont passés par les égouts pour arriver et repartir. » Je me suis donc demandé par où l'on pouvait passer si ce n'était pas par les égouts, pour arriver et disparaître. Je marchai sur le port, au-dessus des bateaux à ce moment-là. Et la réponse est venue toute seule: par la mer. J'ai donc siffloté et papillonné, comme tu dis, sur les pontons. Et sur le quatrième, celui du Pierre Loti, j'ai trouvé ça sur le sol, coincé entre deux lames de bois. Sens-le.

Petit Poulet ouvrit le sac et huma.

— De l'éther, fit-il.

— Très peu souvent utilisé pour la pêche, ajoutai-je. J'ai donc commencé à regarder ce ponton avec l'œil du

Cyclope, le bon. Particulièrement l'avant dernier bateau, le Jaizkibel. Propre, nickel, rien qui traînait sur le pont. Portes, fenêtres, hublots, occultés par des rideaux à pression. Rien qui dépassait. Sauf le portillon sur bâbord, qui permettait d'accéder au bateau depuis le ponton. Entrouvert. Une incongruité sur un bateau si bien tenu et qui n'avait pas pris la mer depuis longtemps. J'ai vérifié la serrure de la porte coulissante donnant accès à l'intérieur. Des traces comme si on l'avait forcée, mais en douceur. La porte était fermée, je n'ai pas insisté. Et puis sur le ponton, face au bateau des pompiers, il y a un piquet surmonté d'un projecteur à déclenchement automatique, sans doute pour éclairer l'endroit, quand les pompiers font des manœuvres de nuit et transbordent leur matériel. Je me suis accroupi et j'ai remarqué que le fil alimentant le projecteur était sectionné. Donc noir complet sur le ponton quand on y circulait, avec peut-être une LOL sur l'épaule, joyeusement endormie à l'éther. Si tu n'as rien trouvé sur terre, c'est qu'ils sont passés ailleurs.

— Tu me tues. Tu devrais monter…

— Une officine, tu me le dis tout le temps. Mais ce n'est qu'un petit bout du fil. À toi de tirer pour arriver à la pelote, s'il y en a une.

Les fruits de mer nous furent servis sur un plateau, évidemment. Quant au nectar de Getaria, Petit Poulet ne le prit pas de haut, mais c'est ainsi qu'il le servit pour en extraire tout le suc pétillant.

— Ce bateau, le Jaizkibel, poursuivit-il, a sans doute servi de relais pour cacher LOL. Ensuite, on a dû l'extraire de là pour une autre destination. Mais j'avoue que c'est bien joué. Peut-être qu'on l'a gardée deux ou trois nuits dans le bateau, le temps que ça se calme. Et qu'on l'a amenée ailleurs, toujours en bateau, avant de la transférer là où elle est maintenant. Je ne vois pas KI prendre le risque de lui faire changer régulièrement de lieu de détention, trop risqué.

— C'est donc vers Hendaye qu'on l'a convoyée continuai-je. Par mer, Bayonne ou Anglet c'est trop loin et trop compliqué. Une fois débarquée à Hendaye, tu peux l'amener loin, bella ciao, bella ciao, bella ciao, ciao, ciao.

Ceux qui étaient loin aussi, c'étaient les fruits de mer. Ce n'était pas parce qu'on parlait que nos mains restaient sans rien faire. Couteaux, fourchettes, pinces, doigts, dents, tout avait été bon pour en arriver goûteusement à bout.

— Hendaye, c'est l'idéal pour eux, convint-il. Pas pour nous hélas.

Il sortit un carnet.

— Je suppose, fit-il, que tu as les coordonnées du propriétaire du bateau.

— Bien sûr, embrayai-je, que ne ferai-je pas pour te donner un coup de main : Ernest Wallon, un Toulousain qui a une maison à Bordagain, qui vient en juillet pour pêcher et qui passe ici Noël et Pâques en famille. Le bateau s'appelle le Jaizkibel, je n'ai pas son immatriculation, mais c'est le quartier maritime de Bayonne.

— Ça va aller, continua-t-il, excuse-moi un instant, je téléphone.

Et il appela, donnant ses ordres.

— À 14 h 30 à Larraldenia, face au ponton du Pierre Loti, termina-t-il.

La daurade, grillée avec la précision d'un arrêt de la cour de cass, n'eut pas le temps d'atteindre la pleine mer, nous l'engloutîmes inexorablement. Et le mamia au miel connut le même sort.

— Tu vas m'amener voir ce ponton, m'intima Petit Poulet en avalant son café. Ça va peut-être démarrer, les bonnes nouvelles.

— J'y compte bien.

Ramuntxo vint nous saluer et nous prîmes chacun notre monture pour rallier le port de plaisance. J'arrivai le premier, bien sûr, je garai mon scooter à sa place habituelle et j'attendis Petit Poulet près de la barrière commandant l'entrée du parking pour les usagers du port. Il arriva, trouva une place et me rejoignit.

Nous arpentâmes le parking à l'irlandaise, shoulder to shoulder, et nous arrivâmes au-dessus du quatrième ponton.

C'est là, fis-je, la main indiquant le portillon donnant accès au ponton.

Chapitre X

Vendredi après-midi et soir

Maman les p'tits bateaux

Marée basse, notre descente aux envers du décor fit cliqueter les structures du plan incliné y menant, et du ponton lui-même. Comme un chien renifleur, je m'arrêtai devant le piquet éclaireur avant de m'accroupir à sa base pour montrer le fil sectionné à Petit Poulet. Nous continuâmes vers l'endroit où j'avais trouvé la compresse de gaze, puis nous arrivâmes devant le Jaizkibel.

— Voilà la bête, commençai-je. J'ai remis le portillon comme il était quand je l'ai remarqué. Tu vois, tout est impeccable sur ce bateau. Ce portillon mal fermé faisait désordre. Viens voir la serrure.

— Pas encore Xanti, je vais attendre les gars de l'Identité Judiciaire. Ils vont venir avec ce qu'il faut, je monterai sur le bateau quand je serai équipé.

— Oui chef.

— Effectivement, embraya-t-il, le coin est bien choisi. C'était sûr, nous n'allions pas commencer nos investigations par là.

— Tu as vu que le bout du ponton est libre et qu'un bateau peut s'y amarrer et repartir en toute discrétion.

— Je vois ça, oui. Et je pense qu'Hendaye est la bonne base de repli, si ton hypothèse est juste. En tout cas, ça m'arrangerait car il y en a marre de pédaler dans la semoule. Parce que ce bateau, c'est l'endroit idéal pour y cacher quelqu'un pendant un ou deux jours.

Une voiture banalisée se gara sur le parking face au ponton. En sortirent quatre types en civil, chacun avec un sac à la main. Suivis de deux agents de la capitainerie. Ils nous rejoignirent sur le ponton.

— Bonjour commissaire, bonjour monsieur, fit le premier poulet. Ces messieurs vont nous servir de témoins lors de la perquisition, ajouta-t-il.

— Bonjour messieurs, répondit Petit Poulet, un journaliste, il faudra l'équiper aussi, continua-t-il en me présentant sommairement mais sans équivoque. Dans l'urgence de l'enquête, nous n'avons pas besoin de commission rogatoire, m'expliqua-t-il. Le bateau est considéré comme une extension du domicile. Hors de la présence du propriétaire, il nous faut deux témoins, c'est pourquoi ces messieurs sont là.

Deux de la cuadrilla enfilèrent alors une combinaison blanche et tirèrent de leur sac, qui des appareils photos, qui une mallette à secrets, genre James Bond. Les deux autres nous passèrent des gants et des chaussons que nous enfilâmes et ajustâmes, sur un pied, sur un autre, curieux ballet d'unijambistes. Nous étions prêts pour l'opération.

— Commencez par le piquet, ordonna Petit Poulet, il y a un fil sectionné à la base et peut-être des empreintes.

Les deux astronautes s'exécutèrent. Ça ne dura pas longtemps.

— Il y a des empreintes à hauteur d'hommes, fit Neil Armstrong.

— Au pied du piquet, il n'y a rien de significatif. On a sectionné le fil sans laisser une trace, continua Buzz Aldrin.

— Tu restes là, me fit Petit Poulet, je viendrai te chercher. Prends des photos de la porte et de la serrure, il y a des traces, intima-t-il au Robert Doisneau de la Maison Poulaga.

Clic, clac, aussitôt dit, aussitôt fait. Le serrurier maison prit alors la suite et fit coulisser la porte en un clin d'œil. Écartant le rideau, le septuor pénétra à l'intérieur. Mais les hommes de la capitainerie restèrent dans le poste de pilotage

Eh oui ! me fis-je, imaginons que la petite mère LOL ait calanché dans le bateau, il vaudrait mieux qu'ils soient entre eux, les limiers.

Assis sur le plat bord, seul sur la plage arrière, ganté et chaussonné de bleu cobalt, j'avais passé l'âge de jouer les enterrements de vie de garçon, et pourtant c'est à ça que je devais ressembler, il ne me manquait que la charlotte sur la tête. Dos au quai je n'avais rien d'incongru pour le promeneur, mais c'était l'effet que je me faisais. Certes, l'endroit s'y prêtait, mais mariner, je laissais ça aux sardines. Mais puisque j'étais là, j'observai. Et je remarquai que ce bateau, malgré son gabarit, était sous amarré. Là où ses voisins pouvaient compter sur deux amarres à bâbord et deux à tribord, le Jaizkibel n'en avait qu'une. De chaque côté, la seconde restait reliée au prolongement du ponton, mais trempait dans l'eau. Et une seule aussi à la poupe, la seconde, reliée elle aussi au ponton, baignait dans l'eau. Comme s'il fallait faire le plus vite possible en cas de départ précipité.

Enfin, la porte coulissa et Petit Poulet apparut.

— On peut y aller maintenant? lui demanda l'un des témoins.

— Oui bien sûr. Mais motus et bouche cousue. Même chez vous. Jusqu'à demain matin. Je compte sur vous, il y va de l'intérêt de l'enquête. Si j'entends la moindre chose, je saurai d'où ça vient. Et là, ça ira mal pour vous. Un conseil, avant d'en parler, attendez de vous retrouver au boulot demain matin. Ensuite vous aviserez.

— Nous avons compris, fit l'autre. Bonne journée monsieur le commissaire.

— Bonne journée aussi à vous, et merci. Je vous le répète, je compte sur votre discrétion, conclut Petit Poulet sur un ton ferme et définitif.

Les deux agents quittèrent le bord et le ponton et Petit Poulet se tourna vers moi.

— Je pense que LOL a pris le Jaizkibel pour un Airbnb. Il y a des empreintes partout. Du propriétaire du bateau, de sa famille, des invités sans doute et de LOL aussi, forcément. Autant chercher un arbre en Amazonie. Mais on va trouver. On va confronter les empreintes relevées avec celles de LOL. Quand elle a fait une demande de carte nationale d'identité, on a donc relevé ses empreintes. Dans une préfecture ou une sous-préfecture. Bien sûr, la procédure a changé, ces fichiers ont été retirés de la circulation et auraient dû être détruits. Mais la Police est une maniaque de l'ordre et du classement. Ils sont quelque part, ces fichiers, bien au chaud, en attendant que celui qui est chargé de leur destruction revienne de vacances ou de congé maladie. La vérification ne va pas tarder. Par contre, aucune trace de sang. A priori, l'amputation de la phalange n'a donc pas eu lieu sur ce bateau. En plus, ça pue l'éther et les deux cabines ont été utilisées il n'y a pas longtemps. Il y a des miettes et des traces de nourriture. Vu l'état du bateau, les cabines auraient dû être au carré. Je vais interroger le propriétaire. Tu peux me suivre.

— Un instant. Pendant que je t'attendais, j'ai pu observer ce bateau. Regarde les amarres. Trois au lieu de six. Et les trois inutilisées trempant dans l'eau au lieu d'être lovées sur le pont comme elles le devraient. Pour appareiller en catastrophe, si le besoin s'en faisait sentir. Il doit y avoir une clé de mise en route quelque part.

— Ouvre une officine.

— Tu te fais du mal; si tu étais resté un quart d'heure à poireauter sur le pont, tu l'aurais remarqué toi aussi. La fonction crée l'organe, l'occasion fait le larron et l'immobilité facilite l'observation.

— On peut le voir comme ça, Xanti.

— Je pourrais prendre des photos? Des mecs en combinaison, surtout.

— Bien sûr.

Et je pénétrai à l'intérieur. Un vaste poste de pilotage. Coin cuisine et table à cartes à gauche, séparés par une cloison, puis le siège du pilote, la barre et les instruments de navigation. Sur le côté droit une banquette face à une table basse. Et un escalier conduisant aux cabines. En bas, un couloir avec à gauche un coin toilettes avec douche, puis une cabine à deux couchages, et au fond une autre cabine à deux couchages également, mais plus grande. La première cabine puait l'éther. La seconde avait donc été celle du geôlier.

— Il doit y avoir une clé pour faire démarrer le bateau, quelque part, indiqua Petit Poulet à sa basse-cour. Trouvez-là.

Je fis mes photos, du couloir, des cabines, du coin toilettes, des porteurs de combinaisons.

— Ça y est, je l'ai trouvée, fit une voix dans le poste de pilotage. Elle était accrochée derrière l'écran du radar.

— Très bien, fit Petit Poulet en remontant l'escalier, je vérifierai avec le propriétaire. Bon, je vous laisse, jetez aussi un œil sur le pont et sur le poste de pilotage à l'air libre au-dessus de la cabine, on ne sait jamais. À tout à l'heure.

Et nous abandonnâmes le bord.

— Eh bien, commença Petit Poulet, pour une intuition, c'est une intuition. C'est sûr qu'ils l'ont gardée là, LOL. Maintenant, je vais envoyer une équipe passer Sokoburu au peigne fin. Mais le port de plaisance d'Hendaye, c'est autre chose. Beaucoup plus de bateaux, beaucoup plus compliqué. Avec le pot que tu as, tu devrais y aller, tu trouverais quelque chose.

— Oh, oh! Je vais te laisser bosser un peu, non! Et à Hendaye, il y a aussi le petit port de Caneta. Ça va t'en faire des endroits à vérifier.

— Comme tu dis, Xanti. Attends un peu, je vais appeler Ernest Wallon pour vérifier certains détails.

Nous étions arrivés près de sa voiture. Il y entra, s'installa au volant sur lequel il s'appuya pour griffonner sur un carnet, puis il joua du smartphone. Je m'éloignai un peu vers mon scooter et je regardai du côté du Jaizkibel. Le ponton était vide, et de là où j'étais, on ne voyait rien de particulier sur le bateau. La conversation ne dura pas longtemps. Il me héla.

— Xanti, tu continues à avoir raison. Le portillon était fermé, il y avait deux amarres par côté et deux à l'arrière. La clé de secours était effectivement cachée derrière l'écran radar. Le propriétaire conserve la clé de la porte et celle de contact, sur un même porte-clés à Bordagain où il a aussi des doubles. Et les cabines étaient nickel. Ça t'en fait des choses à écrire, non ?

— Grâce à toi, quand même. Je peux parler d'Hendaye ?

— Oui, j'ai déjà envoyé deux équipes là-bas, une à Sokoburu et une à Caneta, ils sont au boulot. Avec enquête de voisinage et tout le cirque. Pour aujourd'hui, nous avons fait le tour. Un joli tour, d'ailleurs. Appelle-moi demain. Et merci encore, Xanti.

— Merci à toi. C'est toi qui m'as parlé des égouts. Ciao ciao, Petit Poulet.

Voilà une après-midi qu'elle avait été bonne ! Un petit bout de fil dépassait, nous l'avions trouvé. Il fallait maintenant tirer dessus doucement pour arriver au bout de la pelote sans rien casser. Je filai à Marinela d'un scooter précis mais enjoué.

Je mis de l'ordre dans mes notes, puis je me mis à l'établi.

La Gazette d'abord. Je retraçai le cheminement qui m'avait incité à visiter les pontons. Et je contai ma quête au ras des flots. La gaze pour commencer, le projecteur qui, bien qu'éteint, m'avait beaucoup éclairé. Le portillon et les amarres. J'évoquais la fuite à Hendaye – Bayonne était trop loin – avec LOL dans le rôle de Louis XVI à Varennes, mais en coche d'eau et sans famille : des parents pas acheteurs et non vendeurs, Hector Malot où es-tu ? Le doigt coupé, vraisemblablement ailleurs. Mon papier relançait l'enquête sur laquelle je laissai flotter une forte odeur d'éther. Je titrai « La croisière ne s'amuse pas » et j'envoyai avec des photos.

Je mis de l'ordre dans mes notes et je préparai mon papier pour *Le Parisien* avant d'appeler Roland.

— Xanti, champion de monde ! Comment fais-tu ? Il a raison de râler, Seignosse.

— Et simplement penser que je suis bon, Roland, ça ne te vient pas à l'esprit ?

— Bien sûr, Xanti. Tu relances l'enquête et c'est le principal.

— Au lieu de partir de Ciboure, l'enquête repart d'Hendaye.

— Il faut laisser du travail à Seignosse.

— C'est ce que je lui ai dit.

— Demain, Une bien sûr, et page trois.

— Ciao ciao, Roland.

Je fis quasiment un copier-coller pour *Le Parisien*. Mais je fis affleurer encore le problème de la rançon : le siège du PRP était à Paris. Je titrai « À fond de cale » et j'envoyai avec d'autres photos, j'avais de quoi.

Je rangeai tout mon matos avant d'appeler Paris. C'est Kattalin qui décrocha.

— Xanti, formidable. Tu as toujours eu le nez creux. Ton papier relance la machine, c'est bon pour les ventes.

— J'espère que ce n'est qu'un début, Kattalin. Parce qu'on sait où elle restée, LOL, mais on ne sait toujours pas où elle est.

— Tu as fait du bon boulot. On verra demain, 2 500 signes. Je t'embrasse.

— Moi aussi, Kattalin, ciao ciao.

And now, ladies and gentlemen, Bordagain !

J'appelai donc Madame L'Oréal.

— Rouletabille, je pensais justement à toi. Comment s'est passée ta journée ?

— On ne peut mieux. Et aujourd'hui encore, j'ai plein de trucs à te dire. C'est vendredi, que dirais-tu d'un petit saut au sud ?

— Un tout petit alors, je travaille demain.

— Tu sais très bien que ce n'est pas le saut qui te fatigue, mais ce qu'il y a après.

— Jeune présomptueux. Qui t'a rendu si vain ?

— Moi. Que tu as déjà vu les armes à la main. Tes pareils à deux fois ne se font point connaître, et pour des coups d'essai veulent des coups de maître. J'ai pas mal essayé car je sais qui tu es. Et réussi aussi, du moins je le prétends. Ta fatigue est la mienne car mon âme est bien née. Hâtons-nous de nous voir, donnons du temps au temps.

— Monte, cher Rodrigue, viens, Chimène t'attend.

Et pourquoi ne dialoguerions-nous pas en vers, Geneviève et moi ? Bien sûr, ce n'est pas du Corneille, le

Cid, le Comte, l'obscure clarté qui tombe des étoiles, le port et ses trois mille en y arrivant, ça avait un autre élan. Notre destin n'est sûrement pas le même, non plus. Mais ça m'amuse. Et ça amuse Geneviève aussi. La preuve, c'est elle qui commence et c'est elle qui finit. Et puis ça change un peu. Des alexandrins en début d'une soirée qui va finir au lit, c'est plutôt classe. Vous me direz que toutes les soirées se finissent au lit – dormir le jour nuit, comme disait Raymond Devos – mais tout dépend de ce qu'on y fait, au lit. Bref, ça a une autre allure que les dialogues de chez Marc Dorcel.

D'un coup de scooter, j'y fus. Sous l'arbre, mon arbre, je trouvai le chien mollement étendu. Et à ma place. J'avançai doucement. Rien. Je fis ronfler le moteur. Toujours rien. Il fallut que je lui écrasasse la queue d'une roue très peu contraignante pour qu'il consentît à lever le camp. Le comportement de ce chien relevait de la psychanalyse canine. Mais allez trouver un Lacan pour analyser un clébard pareil ! Une fois sur le divan, il était capable d'y rester toute la journée.

J'envoyai mon spécial à la sonnette et je descendis l'escalier. Elle m'attendait, tentante comme une poche d'honnête bourgeois guettée par un vide-gousset à la Foire du Trône. Chouchou marine, tailleur mille raies, chemisier et ballerines marine, Laffargue à l'épaule, marine évidemment. Un nuage d'Aquawoman de Rochas. De quoi devenir pirate. J'étais ensorcelé. Et ravi. Debout au milieu du séjour, nous prîmes langue en silence. Ses mains posées sur mes épaules, les miennes sur ses fesses. Une posture qui nous était familière car agréable. Surtout pendant nos singulières apnées.

Nous en arrivâmes à briser là, l'oxygène venant à manquer.

— Tu me raconteras dans la voiture, lâcha-t-elle dans un souffle tiède. Hondarribia. Il est peut-être un peu tard pour Saint-Sébastien.

— Hondarribia, fis-je, comme enjolé par ce simple mot.

Nous descendions Bordagain, cheveux au vent, qu'elle m'intima dans un grand sourire :

— Alors, raconte.

Je ne me fis pas prier pendant que la Corniche nous happait. Geneviève m'écouta patiemment. Je me perdais dans les détails, sciemment, pour retarder les révélations. Mais elle supporta tout, stoïque et détendue : elle me connaissait par cœur, et ne voulait pas me donner le plaisir d'un « attends un peu, j'y arrive » qui aurait fait de moi le maître du suspense. Coordonnée oui, subordonnée jamais. Telle était la magicienne.

— C'est fou ce que la chance peut arriver à faire faire, remarqua-t-elle, faussement étonnée.

— La chance se provoque, c'est tout. Et il faut savoir s'en servir. Tout est là. Et je suis assez bon dans ce registre. Regarde avec toi…

— Avec moi, quoi ?

— J'ai la chance que tu sois là, avec moi. Mais je ne gâche pas ce don du ciel. J'essaie d'être à la hauteur. Tout le temps, même si je me rate quelques fois.

— Xanti Sopuerta, tu es le diable.

— Et toi Circé, mon paradis.

— Ados jaunak ados ! Alors Rouletabille, Sokoburu ou Caneta, pour le débarquement ?

— Ça, c'est le boulot de Petit Poulet. Moi j'opterai pour Sokoburu. Caneta c'est trop en ville, il y a des maisons tout près, et une voiture dans les petites rues de ce quartier, ça risque de faire du bruit dans la nuit. Par contre, le ponton face à chez Blanco, côté Bidasoa, en bas du parking. C'est l'endroit le plus discret.

— Il y a la Floride aussi, Rouletabille, ses mouillages et le quai du port de pêche, avec un parking à proximité également. Et là, pas de maisons, pas d'immeubles et d'insomniaques qui en grillent une au balcon, avec une vue panoramique sur Sokoburu.

— Bien vu, Madame L'Oréal. Petit Poulet n'est pas au bout de ses peines.

— Je pense à l'éther. C'est une vieille technique, efficace mais qui provoque un état nauséeux. Alors à répétition ! Car on a dû lui en faire respirer plus souvent qu'à son tour, à LOL. Lors de l'enlèvement pour la transporter sur le bateau. Sur le bateau pour la faire tenir tranquille. Sur l'autre bateau quand on l'a transportée à Hendaye. À Hendaye pour la sortir du bateau et la mettre dans une voiture. Et encore quand on lui a coupé la phalange. Elle ne va pas être très fraîche, LOL. Je ne connais pas les doses qu'on lui a administrées et leurs fréquences, mais ça abîme.

— Mais avec tous ces voyages, LOL, elle va engranger un paquet de miles. Déjà qu'elle ne paye pas souvent l'avion, elle va pouvoir continuer à circuler gratos un bon bout de temps. C'est le côté positif de la chose.

— Pauvre garçon ! lâcha-t-elle en levant les yeux au ciel. Là, tu te gâches. Au lieu de débiter des couillonnades, tu devrais réfléchir à KI. Que va-t-il faire maintenant ?

— Maintenant que le début de la piste qu'il a empruntée est découverte ?

— Non. Ça ne change rien pour les ravisseurs. C'est la stratégie qu'ils vont adopter qu'il faudrait anticiper. Vont-ils présenter LOL, échantillon par échantillon, ou contacteront-il la famille ? si ce n'est pas déjà fait. Sans oublier ton grand ami Leporello. Joue-t-il toujours les mendiants, a-t-il abandonné tout espoir, ou sait-il quelque chose des tractations qui sont fatalement en cours. Moi, je n'aimerais pas qu'on débite ma fille ou mon compagnon au scalpel. Petit Poulet devrait avoir des infos là-dessus.

Discussion faisant, nous étions arrivés à Sokoburu et à son parking coincé entre la plage et la Bidasoa, où je garai la voiture et recapotai. Pour gagner l'embarcadère de la navette maritime vers Hondarribia, nous longeâmes le quai au-dessus des pontons.

— C'est là que j'aurais débarqué avec LOL, fis-je à Geneviève.

— Pas moi, répondit-elle.

Marée haute, les pontons couinaient çà et là. Rien n'indiquait que la Maison Poulaga les avait passés au peigne fin. Il n'y avait plus rien à y découvrir désormais.

Pendant que nous cheminions, la navette avait accosté et lâchait un petit flot de passagers. Après le reflux, le flux : nous étions une bonne douzaine à avoir choisi Hondarribia, épatante carte postale pour aller au devant de pintxos, cazuelas et autres tapas, tout en sacrifiant au rite du txikiteo : un verre de vin par bar et un amuse-gueule. Après on allait boire ailleurs, et grignoter aussi. Ceux qui s'incrustaient et annexaient les comptoirs ou les fûts servant de mangedebout pour des norias de tournées, n'étaient que des touristes à l'ignorance crasse. Se bâfrer dans un seul endroit ne faisait pas du tout couleur locale. Chaque bar ayant sa spécificité, le charme réside dans la flânerie et la découverte, pour varier les plaisirs. Et les plaisirs, Geneviève et moi, nous savions les varier.

Chapitre XI

Samedi matin et après-midi

Allez hop ! tout le monde à la campagne

Après cette déambulation sudiste et gourmande, nous eûmes la nuit que nous méritions, câline et coquine. Et le matin me cueillit aux fossettes de Geneviève. Quoi d'autre ?

Socoa. La mer, la mer, toujours recommencée ! J'y bus en son sein la naissance du vent, et une fraîcheur, de la mer exhalée, me rendit mon âme, ô puissance salée. Je courus à l'onde pour en rejaillir vivant. Oui ! grande mer de délices douée, peau de panthère et chlamyde trouée de mille et mille idoles du soleil, hydre absolue, j'étais ivre de sa chair bleue. Le vent se levait, il fallait tenter de vivre, la vague en poudre osait jaillir des rocs, rompant d'eaux réjouies ce toit tranquille où picoraient des focs. Pourtant, la plage du fort et la digue de Socoa n'étaient pas un cimetière marin, c'était même le contraire. J'y renaissais, matin après matin, tonifié par la beauté des lieux. Et aujourd'hui, malgré l'heure matinale, j'étais déjà au maximum de ma férocité. Irradiant comme une barre de plutonium dans une cuve de la centrale de Fukushima, crépitant comme un compteur Geiger quand il tombe sur un nid de rayons ionisants, j'avais avalé la digue tout en survoltage : quand ils m'apercevaient, les oiseaux changeaient de plan de vol. C'est d'un scooter qu'aurait pu mettre Von Braun en orbite que j'étais rentré chez moi. Solidement sustenté, douché d'un pommeau vaste et puissant, j'étais prêt. À attaquer la Russie avec une lime à ongles, ou à nettoyer Byzance, Constantinople et Istambul à la fois, et toute la Turquie, s'il le fallait, avec Erdogan sous le bras.

Je choisis la place Louis-XIV pour y sacrifier au rituel caféiné. La terrasse du Majestic était bien achalandée, aussi je m'y avançai. Un quarteron d'anciens rugbymen offraient leurs vastes carrures aux caresses matinales d'un soleil qui promettait. Prométhée aussi, car, s'il n'était pas le feu sacré de l'Olympe, ce soleil en devenir était bien parti pour taper sur la terre comme un Titan. Je les saluai.

— Xanti, commença Jean-Philippe, assieds-toi avec nous, l'enquête grâce à toi, a progressé à pas de géant. Sur ce coup, tu fais la nique à la police.

— Pas tant que ça. Seignosse et moi, nous travaillons en symbiose. Nous communiquons beaucoup. Nous avançons chacun de notre côté mais nous ne nous perdons jamais de vue. Lui il fait ça à l'officielle, à la méthodiste, respectueux de la procédure et tout et tout. Moi, c'est mains aux poches et nez au vent, œil et oreille en rotation. Et ça marche aussi.

— Vous avez découvert des traces à Hendaye ? continua Bruno.

— Je ne sais pas encore, la Maison Poulaga a dû passer le port au peigne fin, mais je ne sais pas s'ils ont trouvé quelque chose au non. Cela dit, au lieu de partir de Ciboure, on repart d'Hendaye. Ça ne fait pas avancer le schmilblick. Ce qu'il me faudrait, c'est un bon indice du côté de l'endroit où LOL est détenue. Il n'est pas interdit de rêver.

Notre petite mêlée se releva et chacun partit vaquer à ses occupations. Je n'avais pas vu Jakes et Michel, qui verrouillaient la terrasse côté rue Mazarin. Je ne pouvais pas ne pas les saluer, eux aussi.

— Messieurs, fis-je, mon œil a été aimanté par la masse athlétique de la première tablée. Je ne vous ai pas ignorés, je ne vous avais pas vus. Mais je me rattrape illico.

— Nous n'en attendions pas moins de toi, rigola Jakes. Assieds-toi, prends un café avec nous.

— Volontiers.

— Et LOL dans tout ça ? demanda Michel. On sait par où elle est passée, mais on ne sait toujours pas où elle est.

— Tu as parfaitement résumé la situation, Michel. Nous avons déplacé le point de départ. Quant au point de chute, nous patinons toujours.

— Même la police ? reprit Jakes.

— Même la police. Si Seignosse avait une piste, je le saurais. Les petits cailloux s'arrêtent vraisemblablement à Hendaye. Et Hendaye n'est qu'une hypothèse. Nous avons écarté Bayonne car trop éloignée de Ciboure, avec la Barre de l'Adour à passer, en plus. Hendaye est le plus rationnel, mais aussi la plus vaste à fouiller, avec Sokoburu, Caneta et le port de pêche : de quoi noyer le poisson.

— Tu crois, reprit Jakes, qu'ils vont lui couper encore un morceau à LOL ?

— Je n'en sais rien. Il y a aussi ce côté-là de l'enquête à ne pas négliger. Nous ne sommes pas sortis de l'auberge. Je donnerais cher pour écouter aux portes chez Lavie. Pas au téléphone, car ils sont sans doute sur écoute, la police connaît son métier.

— Bonne journée, conclus-je en finissant mon café. Rendez-vous au prochain épisode.

— Salut Xanti, firent-ils en chœur.

Je traversai la place pour rejoindre le quai et m'octroyer une pause face à la Rhune et Bordagain. J'étais prêt à bondir, oui, mais sur qui ? Je me faisais l'effet d'un lion sans proie dans un Kruger Park pourtant regorgeant de belles antilopes. Pour le moment, je n'avais que de l'herbe kikuyu à me mettre sous la griffe. Et l'herbe, hormis les végans, ces nouveaux talibans de la bouffe, ça ne nourrit pas son homme. Ma belle énergie de ce matin s'était paradoxalement éteinte au contact de la caféine. Va comprendre, Charles ! Ou plutôt, non, elle tournait à vide. Frustrant. Je restai au soleil. Si ses rayons me chauffaient, ils ne m'éclairaient pas. Face à la criée de Ciboure, au-dessus des petites unités et du bateau promenade, il fallait me rendre à l'évidence, j'étais en rade. J'en profitai pour appeler Petit Poulet.

— Ratisseur des ports de plaisance aussi bien que de pêche, tes investigations t'ont elles révélé quelque chose ?

— Hélas non, déambulateur libre. Nous n'avons rien trouvé. Rien à Caneta, même l'enquête de voisinage. Rien sur les pontons de Sokoburu, rien au port de pêche. Et personne n'est venu se plaindre de quoi que ce soit à la capitainerie. Pas de bateau déplacé ou dégradé. Aucune trace. Par acquit de conscience, j'ai fait vérifier le port du Brise Lames à Anglet et l'embouchure de l'Adour, au Boucau et à Blancpignon. Une équipe s'y emploie en ce moment même.

— On ne peut pas gagner tout le temps, Petit Poulet. Et pour ce qui est de la rançon ?

— Que dalle là aussi. KI n'a pas bougé.

— Je t'appelle tout à l'heure.

— C'est ça Xanti, à tout à l'heure.

Je sentais du découragement dans la voix de Petit Poulet. LOL était plus que vraisemblablement vivante, mais l'enquête était au point mort. Je quittai le port.

Mon scooter, revenu à une placidité de bon aloi, m'attendait sous son platane. Je notai ce que m'avait dit Petit Poulet avant de piquer des deux vers Marinela.

Je mettais mes notes en forme quand mon smartphone tintinnabula. Un numéro de téléphone fixe. Je décrochai.

— Allo, Xanti. Ici c'est Jeannot, au trinquet de Louhossoa.

— Comment vas-tu, Jeannot ? Tu as des trucs sur l'Aviron Bayonnais dont tu veux me faire profiter.

— Pas de news du tout, Xanti. Pas sur l'Aviron en tout cas. C'est peut-être au sujet de LOL. Je préférerais qu'on se voie.

— Pas de problème, Jeannot. Quand tu veux.

— Tu manges où à midi ?

— Je ne sais pas encore.

— Bon. Je t'invite. On discutera après le service. Sois là entre 13 h et 13 h 30.

— D'accord Jeannot, à tout à l'heure.

Je connaissais Jeannot depuis des lustres, supporter inconditionnel de l'Aviron Bayonnais, il avait longtemps tenu, avec son épouse Jeannette, un bar restaurant rue d'Espagne à Bayonne, le Bar Basque, avant d'acheter le trinquet de Louhossoa et l'hôtel restaurant qui allait avec.

Le plus simple, pour rallier Louhossoa, était de prendre l'autoroute jusqu'à Bayonne, sortir à Maignon et suivre à droite la direction de Garazi, via Ustaritz et Cambo, avant d'arriver à Louhossoa. N'étant pas un fan du scooter sur l'autoroute ni sur cette départementale à grand passage, je décidai de m'y rendre en voiture.

Qu'avait à me dire « peut-être au sujet de LOL », le patron du trinquet de Louhossoa ? La marée n'était pas remontée jusque là, oubliant une barque sentant l'éther et aux membrures maculées de sang, sur le parking du trinquet ?

J'atteignis Louhossoa après une pérégrination sans encombre. Il n'était pas encore 13 h 30.

Jeannette s'affairait au comptoir, un comptoir de chez comptoir, en bois d'arbre, auquel il faisait bon s'accouder et qui faisait le lien entre le bar et la salle de restaurant attenante, dédiée en semaine aux menus ouvriers. C'était samedi, aussi ne bruissait-elle pas de ses habitués. C'était l'autre salle, plus spacieuse, qui accueillait les clients de passage. Jeannette me vit.

— Xanti, ça fait longtemps qu'on ne t'a pas vu ici.

Je fis le tour du comptoir pour l'embrasser.

— Jeannot m'a appelé ce matin, embrayai-je.

— Je sais, je sais. On t'a préparé une table. Dans le coin là-bas. Comme ça vous serez tranquilles tous les deux, après. Je t'offre un petit apéritif. Qu'est-ce que tu prends ?

— C'est gentil, Jeannette, une Suze avec un glaçon, alors.

La gentiane emplit ma gorge, l'or du Jura était là.

— Jeannot m'a dit que tu allais manger ici. J'ai du axoa, ça te va ?

— Un peu que ça me va, Jeannette !

— Bon, alors va t'asseoir, dit-elle en désignant une table. Prends le *Midi Olympique*, il y a un article sur l'Aviron. Tu veux une entrée ?

— Le axoa, direct, ce sera très bien.

— Un peu de vin, quand même, Xanti.

— Bien sûr, un petit pichet de rouge. Il faut que je travaille ensuite.

C'est donc lesté du bihebdomadaire jaune du rugby, que je m'installai.

Jeannette ne tarda pas à me servir une cazuela fumante de axoa, accompagné de pommes de terre sautées.

— Bon appétit, Xanti, fit-elle.

Je fis honneur au veau haché, relevé comme il le fallait. Je feuilletai le Midol d'un œil distrait, le seul cadrage-débordement qui m'intéressait était celui que KI avait fait à la police pour s'évanouir dans la nature. Et celui-là, personne ne l'avait vu. Et puis, le rugby de forgeron pratiqué aujourd'hui, avec plus de fonte que d'étincelles, ne parvenait pas à faire la soudure : il y avait longtemps que je préférais les gazelles aux buffles.

— C'était bon Xanti ? demanda Jeannette quand ma cazuela fut vide.

— Je me suis régalé.

— Je ne te demande pas ce que tu vas prendre en dessert. Il y a du koka. Tu vois, je me souviens.

— Tu te souviens bien, Jeannette. Allons-y pour le koka.

Apanage de nos amatxis, le koka était un flan au caramel qui avait jalonné notre enfance dans de profondes jattes de grès jamais assez grandes.

Jeannette revint avec son précieux chargement. Sur son assiette blanche, le koka frémissait comme un sein de jouvencelle. Et pour compléter cet idyllique tableau, une aréole de chantilly montant une garde légère. J'eus à nouveau dix ans. Et la vorace gourmandise qui allait avec. L'assiette de koka fut nettoyée de belle manière, et je ne laissai aucune chance à la chantilly non plus. Je continuai à parcourir le Midol.

— Xanti ! tu es venu, me fit Jeannot en accostant à ma table avec deux cafés fumants sur un petit plateau.

— Toujours quand on m'invite gentiment, Jeannot. Je ne vais pas changer aujourd'hui. Qu'as-tu à me dire ?

— Attends un peu, je m'installe.

Il poussa son café devant lui, croisa ses bras et s'appuya à la table dans une attitude qui lui était familière.

— C'est au sujet de LOL ? fis-je pour lancer la machine.

— Oui, mais ce n'est pas simple. C'est pour ça que je t'ai appelé.

— Parce que je ne suis pas simple ?

— Non bien sûr, ne complique pas. Voilà, je commence. Je t'ai appelé parce qu'ici, on a remarqué certaines choses, moi et des connaissances.

— Au sujet de LOL ?

— Oui. Et comme on ne savait pas comment faire, je me suis dit, je vais appeler Xanti. Lui il saura quoi faire, surtout avec la police. On n'aime pas trop ça ici, parler à la police, ça ne se fait pas. Depuis quelque temps, on a remarqué des voitures dans des endroits où, généralement, il n'y en a pas beaucoup. Tu as entendu parler des artisans de la paix pour le désarmement d'ETA et tout le cirque ?

— Bien sûr, Jeannot.

— Je crois que c'est vers ici que ça se passe. Mais ça, c'est à part. Depuis mardi, dans le même coin, mais de l'autre côté de la route d'Helette, il y a autre chose. Mais apparemment, les deux trucs ne sont pas liés.

— Des voitures ?

— Une plutôt, sur la route d'Helette, vers la base de loisirs du Baigura. C'est sûr, vu l'endroit en pleine cambrouse, si quelque chose bouge, ça se remarque tout de suite, pour peu que tu fasses attention. C'est là que j'ai pensé à LOL. C'est un endroit idéal pour cacher quelqu'un. Des fermes isolées où tu vois venir de loin.

— Et ça continue de bouger, comme tu dis ?

— Plus beaucoup. Mais on a préféré t'avertir plutôt que d'appeler la police.

— Qui ça, on ?

— Des copains et moi, Xanti. Ce sont eux qui ont remarqué qu'il se passait des trucs bizarres. On en a parlé ensemble et je leur ai dit que je te connaissais. Tu nous as semblé la personne idéale. Je suis commerçant, moi, je ne me voyais pas foutre le bordel. Imagine-toi aussi qu'on se trompe. Tu vois le tableau !

— Si j'ai bien compris, Jeannot, embrayai-je en riant, tu préfères que ce soit moi qui aille au casse-pipe.

— Ce n'est pas ça. Mais c'est ton métier, aussi, les enquêtes, Xanti.

— Je te remercie, Jeannot, de la confiance dont tu m'honores. Mais il va falloir que tu m'en dises un peu plus.

— Tu acceptes ? Merci. Tu m'enlèves un poids. Parce que pour les artisans de la paix, ETA et tout le binz, on ne voulait pas tout faire foirer. Pour LOL, c'est encore plus délicat. On n'avait pas envie qu'ils la débitent en tranches.

— Maintenant, Jeannot, raconte-moi.

— Pour les artisans de la paix, ça a commencé cet été. Des voitures qui prenaient souvent des chemins que presque personne ne prend, là-bas à Larregaina, vers la base de loisirs. On a remarqué mais on n'a pas bougé. Le désarmement, ça ne peut pas faire de mal. Mais on a continué à s'y intéresser. C'est pour ça qu'en fin de semaine dernière, on a remarqué d'autres mouvements vers la ferme Etxebehera cette fois, une ancienne métairie abandonnée. Et puis d'autres, mardi, mercredi aussi, et puis plus rien.

— Qu'est-ce qui te fais croire que c'est lié à l'enlèvement de LOL ?

— Le déroulement de l'enlèvement, c'est toi qui l'as écrit d'ailleurs : enlèvement dans la nuit de samedi à dimanche ; LOL détenue au port de Ciboure jusqu'à vraisemblablement dans la nuit de lundi à mardi, puisqu'on n'a pas trouvé de trace de sang dans le bateau ; transport en bateau jusqu'à Hendaye et de là, en voiture jusqu'à sa cachette actuelle. Là où on lui a coupé le doigt, mercredi sans doute. Je te lis avec attention. Tu vois, ça colle.

— D'accord Jeannot, ça colle en effet. Etxebehera et Larregaina, les noms des maisons ?

— C'est ça Xanti. Pour LOL, c'est Etxebehera, tu verras c'est en bas d'une descente, dans un tournant, il y a un noyer devant la maison. De la route, tu ne vois pas l'entrée, elle est derrière où il y a une cour. Le désarmement c'est Larregaina. En haut d'une côte à droite, il y a des hêtres partout et une grande pelouse devant.

— Bon, Jeannot, je vais voir ce que je peux faire. Je te remercie en tout cas. Explique-moi où sont ces fermes.

— Larregaina, c'est le chemin à droite avant la base de loisirs du Baigura. Etxebehera, c'est à gauche, pas le chemin avant la base de loisirs, le chemin avant celui-là.

— C'est noté Jeannot. Merci encore et à bientôt. Même s'il n'y a pas de axoa et de koka. Motus et bouches cousues, tes copains et toi !

Je me levai, lui serrai la main et sortis non sans avoir embrassé Jeannette qui nettoyait la machine à café.

Pour une info, c'était une info. Deux infos, même. Qu'il fallait que je vérifie. Priorité à LOL bien sûr. Ce Jeannot, tout de même, toujours à l'affût. Et il ne s'agissait pas de l'Aviron Bayonnais : dès qu'il était question des bleu et blanc, le FBI et la CIA n'arrivaient qu'en deux. Très très fort, le type !

Je pris la direction d'Helette et j'allai jusqu'à la base de loisirs. Je me garai, regardai mes notes et repartis vers Louhossoa. Je pris le deuxième chemin à droite et suivis la route sinueuse. Rien, pas un chat. La route descendait et j'arrivai dans un tournant, noyer, maison volets clos, Etxebehera c'était là, mais je ne remarquai rien. Je continuai et la route remonta. Je ne m'arrêtai pas. Il me fallait étudier le terrain avant de revenir. Ma déambulation m'amena sur la route de Macaye. C'est par là que je reviendrai. Je rejoignis Louhossoa, puis je mis le cap à l'ouest tandis qu'une douce euphorie s'installait dans l'habitacle. Un calme, me surprenant moi-même, prenait le pas sur une excitation qui aurait dû faire péter le thermomètre. J'étais tombé sur un sacré truc, à vérifier quand même, et pourtant, j'affichai la seule satisfaction du devoir accompli. Certes, surtout par Jeannot et ses copains, me direz-vous, mais il me semblait que cette découverte était l'aboutissement logique, laborieux aussi, de cette semaine passée à cent fois sur le métier remettre mon ouvrage. France Musique adoucissait également mes mœurs, aussi c'est dans une complète zenitude que j'arrivai à Marinela. Pas de papiers à écrire, il était libre, Xanti.

Mon smartphone gazouilla : Geneviève.

— Rouletabille, Maité et Laurence m'ont appelée ce matin pour me rappeler que ce soir nous allons à Biarritz au Temps d'Aimer, il y a un formidable ballet américain au programme. Nous avons réservé nos places il y a un mois, ça m'est complètement sorti de la tête et j'ai donc oublié de t'avertir. Je suis désolée.

— Ce n'est pas grave Madame L'Oréal, demain matin il faut que je batte la campagne de bonne heure, et cette nuit, je n'aurais pas été au maximum de ma férocité pour te combler de douceur. Par contre, j'aurai des choses à te raconter demain en fin de matinée. Tu vois, même dans le désordre, nous sommes en phase. Tout va donc bien.

— Tout va bien, alors. Je te suggère d'arriver à l'heure idoine pour un petit plongeon dans la piscine. Même si le temps perdu ne se rattrape jamais.

— Avec toi rien n'est jamais perdu, tu le sais.

— Avec toi non plus, Rouletabille.

— Ne traînez pas trop au casino après le concert !

— Nous dînons autour des halles, c'est Maité qui a retenu. Ensuite, oui sans doute, il y aura casino, tu nous connais.

— Je vous connais et je vous embrasse. Les autres pas au même endroit que toi. Toi tu sais où. Et même un peu plus bas.

— Eh bien, ça promet !

— Ça promet en effet. À demain Circé.

Il était temps d'appeler Petit Poulet.

— Alors, fierté de la Police Nationale, qu'a donné l'inspection du Brise Lames ?

— Rien là aussi. C'est à désespérer.

— Bon, je te rappelle demain en fin de matinée.

— À demain, Xanti.

Puisque je n'avais pu rien vérifier, il n'était pas question que je fasse allusion à Louhossoa.

J'avais décidé d'y retourner pour observer de plus près Etxebehera. Je me mis donc en tête d'organiser ma matinée de demain. Il me fallait être au lever du jour à proximité de la ferme. Trouver un poste d'observation d'où je pourrai voir sans être vu. D'un coup de scooter, je fus à la Maison de la Presse du quai Ravel. J'y achetai une carte d'état-major du secteur de Louhossoa. Revenu chez moi, carte dépliée et crayon aiguisé, je jouai les stratèges, inspectant crêtes, bosquets, thalwegs, pistes. Et je trouvai ce que je cherchais, une hauteur d'où je dominais la façade d'Etxebehera invisible de la route.

Chapitre XII

Pendant ce temps

L'envers du décor

Pendant ce temps, c'est dans l'appartement des Lavie à Biarritz, que s'était retrouvé le noyau dur de la famille. Bernadette Lavie, bien sûr, Didier son mari, auxquels s'étaient joints Mélusine et Sigismond, nièce et neveu de LOL. Ces derniers avaient accompagné leur tante dans tous les ministères où elle avait sévi au cours de sa riche carrière politique. Ils avaient éclos à l'ombre de leur soleil, quand LOL brillait aux nombreux frontispices de la République sur lesquels elle avait gravé son nom en lettres d'or. On avait donc retrouvé Mélusine et Sigismond dans les cartons de tous les cabinets qui avaient entouré LOL durant des lustres. Elle avait traversé les gouvernements et les ministères sans laisser de trace significative. Escargot sans bave, elle avait avancé et était arrivée toujours pour se retrouver là où il fallait. Pas de fantaisie, pas d'étincelle, elle avait fait le job, tous les jobs, nimbée d'une austérité souriante et figée. Raide comme la Justice, elle ne pouvait qu'en avoir gardé les Sceaux. À la Défense, elle ne s'était pas défilée, défilant avec une martiale application sur le front des troupes. Aux Affaires Étrangères, il lui était arrivé plus souvent qu'à son tour d'être étrangère aux affaires, c'était du moins ce que disaient les méchantes langues. Et il y en avait ! « Elle ne fait rien, mais elle le fait avec détermination », avait dit d'elle un jour, un terrible ministre corse. Et puis, l'étoile de LOL avait pâli pour cause d'imprudente proximité avec le pouvoir émirati de Dubaï. Elle y avait accompagné ses chers parents pour faire des affaires, ce qui n'était en rien répréhensible : sa mère s'intéressait aux chevaux de courses. Mais pas comme un accro à Longchamp ou à Vincennes, à l'affût du moindre tuyau. Non, comme un zonard (franc) cherchant un paradis (fiscal). Car, là-bas, chez le cheik Mohammed ben Rachid Al Maktoum, il y avait du blé à se faire, en jouant gagnant sur la défiscalisation qui pouvait aller avec les canassons, ou sur la prise de parts dans l'Écurie Godolphin qui, avec plus de deux cents chevaux, était devenue la première multinationale au monde dédiée à l'entraînement des pur-sang. Dubaï, son hippodrome Nad Al Sheba, son port-franc, ses palmiers et sa propension à collectionner les yearlings que l'on cajolait quelques fois aux stéroïdes anabolisants. Ah ! ses écuries. Et ses Augias aussi. C'est donc là qu'elle avait perdu son ticket, LOL. En faisant profiter sa famille des connexions de la République. Ils s'étaient gobergés, elle, sa mère et son père, drapés de tricolore, dans les étages de la tour Burj Khalifa. D'où l'on pouvait voir le désert, ses oasis, mais aussi ses mirages – pas ses Rafales, la Maison Dassault s'étant ensablée dans la négociation – et ses sables mouvants. Elle s'était fait épingler par *Le Canard Enchaîné*, LOL, et, lâchée par la maison mère, avait dû démissionner de son ministère, les explications à la mords-moi le nœud qu'elle et sa famille avaient fournies sur cette aventure peu glorieuse, achevant de la discréditer. Profil bas, LOL? Que nenni! Battue aux législatives, elle s'était accrochée aux branches et avait décroché une place éligible aux européennes qui avaient suivi. Ainsi, était-elle toujours dans le circuit, avec Mélusine et Sigismond dans ses bagages. C'est tout cela sans doute, qui en avait fait la cible de KI.

Chez les Lavie, on s'était recentré sur la seule chose qui, pour l'heure, leur paraissait importante, le pognon qu'on leur demandait de cracher, puisque ces ingrats du PRP avaient botté en touche dès qu'il avait été question de faire valser les biffetons. Exit la reconnaissance pour services rendus, adieu la solidarité, oublié le compagnonnage constituant l'ADN du parti. On s'était drapé dans la vertu et les grands principes pour jeter LOL avec l'eau du bain : infanticide! En l'abandonnant à son triste sort, le PRP avait quasiment tué l'un de ses plus beaux enfants. Et ça, on n'avait pas du tout aimé, chez les Lavie. « Débrouillez-vous tous seuls », voilà ce que signifiait cet abandon. Ce « débrouillez-vous tous seuls », voulait surtout dire « payez tous seuls ». Voilà ce que la famille avait retenu. Payer, il n'en était pas question. Surtout en bon argent républicain gagné année après année, avec patience, avec constance, avec ordonnance. Et si Bernadette et Didier Lavie avaient succombé, oh! bien fugacement, à la tentation de cracher au bassinet, Mélusine et Sigismond les avaient rapidement rappelés à leurs devoirs de gardiens du temple et du patrimoine familial. Un patrimoine chèrement acquis et qu'il ne s'agissait surtout pas de dilapider. On n'allait pas verser des sommes inconsidérées à un quarteron de terroristes : c'était le renoncement à tout ce que l'on croyait, l'ordre juste, les valeurs morales, la liberté. Le travail de conviction de Mélusine et Sigismond n'avait pas été trop long à porter ses fruits, chez les Lavie on respectait farouchement cette litanie républicaine et on ne négociait pas avec les terroristes. Et comme on avait aussi des oursins dans les poches, hisser le drapeau des grands principes pour évacuer l'odieuse question pécuniaire, s'était fait dans un garde-à-vous impeccable. La police avait beau les exhorter à entrer en contact avec les ravisseurs, ils refusaient. Tout comme ils refusaient de leur répondre. « Faites votre travail, nous ferons le nôtre », assénaient-ils aux policiers. Pas d'élément de langage, rien, puisqu'il n'y avait aucun contact et qu'ils ne parlaient qu'entre eux. Ça se passait comme ça chez les Lavie. Le commissaire Seignosse était fou de rage, et Petit Poulet ne me disait rien.

Quand des histoires de famille surgissaient dans la vie, il n'y avait rien de mieux pour les régler, que de rester en famille justement. Lorsque l'enfant disparaît, le cercle de famille se resserre en silence ; la présence qui manque fait plisser tous les yeux, et les fronts les plus doux se rident soudain à imaginer le pognon disparaître, durement amassé mais qu'on veut leur voler.

Aussi, avait-on très vite éloigné BAL des discussions très internes qui constituaient le quotidien des Lavie depuis le début de l'affaire. D'ailleurs, il ne s'était pas éternisé sur la Côte basque, remontant à Paris d'où il suivait l'enquête. Il avait sans doute rapidement compris, BAL, qu'il n'avait pas sa place dans la partie de Monopoly que jouaient les Lavie & Héritiers. Et il n'était même pas descendu à Biarritz lors de l'épisode digital.

Par contre, la quête militante organisée par Leporello, avait fortement déplu aux Lavie. De quoi se mêlait-il, celui-là ? Il les faisait passer pour des ratagasses au vu et au su de tout le monde. Il ne leur avait même pas demandé leur avis, c'était leur fille et leur tante, non ? Ils étaient d'autant plus furax, les Lavie, que Leporello, sous couvert du Roseau, leur avait envoyé le même mail qu'aux militants, leur demandant de participer à la collecte. Sous son aspect brut de décoffrage, il ne manquait pas d'humour, Leporello, et c'était assez réjouissant.

Pendant ce temps aussi, alors que chez les Lavie on s'était organisé pour que personne ne touche au grisbi, KI était confronté à une drôle de situation. Mais pas celle que l'on pouvait facilement imaginer quand des ravisseurs se heurtent à un mur, parce qu'en face il n'est pas question de payer la rançon et que le sort de l'otage n'intéresse finalement pas grand monde. Xabi Mundaka en effet était en train de faire face à un drôle de problème. Cadre de KI et organisateur de l'enlèvement, il avait tenu à participer à l'opération et à tenir le rôle du geôlier de LOL. Il était l'une des deux personnes qui avaient enlevé LOL chez elle. Il l'avait aussi transportée à bord du Jaizkibel mouillant dans le port de Larraldenia. Le distributeur d'éther, c'était lui, et aussi celui qui était resté avec LOL dans le bateau. Il l'avait accompagnée également lors du cabotage vers Hendaye. Tout comme dans la voiture qui les convoyait vers le lieu de détention, c'était lui qui occupait la banquette arrière, aux côtés de LOL, et c'était son épaule qui avait accueilli la tête dodelinante, très *Bonne Nuit les Petits*, d'une LOL dans les vapes car ethernuée. C'est lui aussi qui gardait LOL prisonnière. Il n'y avait que lui qui l'approchait et lui parlait. Et c'est lui également qui lui avait sectionné la phalange d'un coup de couteau de cuisine japonais, horriblement affuté. Un deba, lourd couteau à lame asymétrique, pour couper viandes, arêtes ou articulations de volaille. Et, accessoirement, les doigts d'ancienne ministre. Bien entendu, Xabi Mundaka s'était personnellement occupé de cautériser la plaie et de faire les pansements. En moins d'une semaine il était devenu et le tourmenteur et le référent. De lui, LOL ne connaissait que la voix. Il lui rendait visite cagoulé, ça faisait partie du jeu, mais il obligeait LOL à porter également une cagoule aveugle en sa présence. Elle était constamment détenue dans la pénombre d'une pièce sommairement peuplée d'un matelas recouvert de couvertures, d'une petite table et d'un tabouret. Attenant à la pièce, un cagibi avec un lavabo et une cuvette de WC. Une ampoule délivrant une lumière crue ne s'allumait que quand LOL recevait la visite de Xabi Mundaka : soit qu'il lui apportait à manger, soit qu'il lui instillait des éléments de basquitude sur le modèle des camps de rééducation chers aux Rouges, qu'ils soient Khmers ou Gardes. Et, assis sur le tabouret, elle recroquevillée sur le matelas, il lui demandait inlassablement si elle avait compris et de répéter ce qu'il venait de dire : sévère, la détention. LOL était assez abattue pour n'être pas entravée. Il l'avait dispensée de tout lien, la sentant heure après heure, totalement sous son emprise. Et ce qui n'aurait dû jamais arriver, arriva. Le comportement de LOL changea très rapidement. De prisonnière elle devint soumise et de soumise elle évolua entreprenante. Une sensualité, profondément enfouie, c'était sûr, avait commencé à émaner d'elle, se transformant ensuite en une lascivité dont on se demandait d'où elle pouvait bien sortir. Xabi Mundaka assistait sidéré à cette métamorphose. À genoux, LOL tentait de l'enlacer, se collant à lui comme une hétaïre. Ah! que oui, elle aimerait jouer avec lui à la mort de Sardanapale sur une couche dévastée. Elle n'aspirait qu'à une chose: la prise de la smala d'Abd-el-Kader, et que ce soit lui, le Duc d'Aumale! Elle désirait qu'il soit son Ingres, elle attendait son archet, la grande odalisque, c'était elle. Xabi Mundaka avait de plus en plus de mal à mener ses entretiens. La docilité du début avait fait place à la plus incroyable des attitudes frisant la lubricité: elle était chaude comme une bouillotte, LOL. Comme si elle avait décidé de jeter sa gourme là, dans la lumière blanche d'un ampoule éclairant un décor misérable, Cosette faisant des avances à Thénardier. Proprement hallucinant. Pour le coup, c'était Xabi Mundaka qui était secoué. Et troublé. Au début, l'attitude de LOL l'avait amusé. Puis de plus en plus perturbé. Sa formation de militant et d'activiste ne lui avait jamais fait appréhender une telle situation. Maintenant, quand il ouvrait la porte de la geôle de LOL, il se demandait s'il n'entrait pas dans un claque, les bouteilles de champ et les divans en tissu cramoisi en moins. À moins que ce ne soit le syndrome de Stockholm.

Le syndrome de Stockholm était un phénomène psychologique observé chez des otages ayant vécu durant une période prolongée avec leurs geôliers et qui ont développé une sorte d'empathie, de contagion émotionnelle vis-à-vis de ceux-ci, selon des mécanismes complexes d'identification et de survie. Ce terme, « syndrome de Stockholm », avait été créé par le psychiatre suédois Nils Bejerot en 1973, suite à une prise d'otages dans une banque du quartier de Norrmalmstorg à Stockholm. Cependant, le mécanisme était déjà bien connu et avait été décrit, entre autres, par des psychanalystes comme la Française Janine Puget, l'Américain Erich Fromm ou le Hongrois Sandor Ferenczi qui parlait d'identification à l'agresseur, comme modalité psychique d'adaptation à toutes sortes de situations traumatiques. Ce comportement paradoxal et apparemment incompréhensible se retrouvait quelques fois chez les victimes de prises d'otages. Il avait également été décrit et analysé en 1978 par le psychiatre US Frank Ocheberg, en relation avec un fait divers. Le syndrome contraire existait aussi. Il pouvait s'appliquer aux ravisseurs lorsque ceux-ci étaient influencés par le point de vue de l'otage, c'était le syndrome de Lima.

Xabi Mundakal était en train d'en faire l'expérience inattendue, c'était peut-être le syndrome de Stockholm. Ici, pas de forêt tropicale à l'ambiance moite, pas de chemises ouvertes sur des torses virils et dégoulinants, pas de machette à la lueur inquiétante, pas de tee-shirt mouillés par la touffeur suffocante, pas de promiscuité ambiguë. Et pourtant, LOL s'offrait à lui comme une vulgaire Ingrid Bétancourt à un FARC. Elle ne serait pas un peu nympho, LOL, tout simplement ? Il le regrettait, mais il était obligé de se poser la question. Devant lui, LOL avait laissé s'effondrer des années de contrôle de soi, de polissage de personnalité, de quant à soi, de raideur voire de froideur qui s'envolaient par-dessus les moulins. Transformé, le chemin de ronde, il sentait désormais la noisette, même s'il n'y avait ni foin ni soleil pour témoin. LOL s'était transformée en Mireille très olé olé! Mais Jean Nohain rechignait encore à se lâcher du nœud papillon. Jusqu'à quand? Il ne voyait plus très clair, le geôlier. Cette situation avait fini par faire naître en lui un trouble. Trouble qui s'instillait, certes, dans son esprit, mais qui sourdait du plus profond de son corps comme une sève au printemps. Entendre LOL geindre, gémir, quémander, supplier, lui avait finalement fait perdre la boule. Mais pas la cagoule.

Un beau jour, ou peut-être une nuit, contre le mur, LOL s'était endormie, quand soudain semblant crever le ciel et venant de nulle part, surgit un aigle noir: Xabi Mundaka avait ouvert la porte et dans l'obscurité avait lentement tournoyé autour de son otage. De sa main il avait touché sa joue. Et... elle était passée à la casserole, LOL. Palpitante, haletante, consentante. Contente? D'après vous? Le fantasme, de l'une et de l'autre finalement, avait été consommé toute sirène hurlante, comme un véhicule du NYPD débaroulant dans le Bronx après une fusillade. Xabi Mundaka l'avait laissée pantelante en travers du matelas. Culbutée, séduite et abandonnée, voilà comment elle se retrouvait, LOL. Et Xabi Mundaka avait tout de suite compris qu'il avait fait une connerie. Mais il l'avait faite. Si au début, ses tête-à-tête avec LOL l'avaient amusé, puis perturbé, il n'en était plus du tout de même: il redoutait à présent de rentrer dans la pièce où LOL l'attendait maintenant comme le Siffredi. Mais il fallait bien terminer le job.

Pendant ce temps encore, Raoul Leporello n'arrêtait pas de monter dans les tours au cours de son LOLéthon. Il avait certes recueilli des promesses de dons, mais pas de quoi s'asseoir à la table des ravisseurs et d'annoncer « tapis ». Il battait donc le Pays basque, sébile en avant et verbe haut, tout en prenant râteau sur râteau. Et ça l'exaspérait le bon Raoul, et il ne l'envoyait pas dire. Il organisait les réunions en noria et les militants commençaient à déserter ses convocations, lassés qu'ils étaient de son activisme débordant et de ses coups de gueule. Le Roseau pliait, pliait, pliait, mais ne rompait pas : bien vu La Fontaine. Il croyait qu'il aurait suffi d'imiter le joueur de flute de Hamelin pour entraîner derrière lui les militants vers la Caisse d'Épargne la plus proche afin d'y retirer leurs économies. Mais faut croire qu'il n'avait pas le talent des frères Grimm, Leporello. Et puis il demandait beaucoup plus que mille écus. Il était donc plus près de disperser façon puzzle, Raoul, que d'amasser dans une cassette. Il n'avait pas que les pieds, Le Roseau, il avait aussi le cul dans l'eau.

Pendant ce temps toujours, Bakegileak, les Artisans de la Paix, s'activaient également. Et ils étaient en train d'amasser un petit arsenal, certes symbolique, made in ETA, pour le neutraliser, attirer l'attention des autorités, les obliger à intervenir et à agir enfin au grand jour pour régler définitivement la question du désarmement d'ETA. Ils devaient également révéler aux autorités les coordonnées des zulos, les caches où étaient entreposés les armes et autres matériels. Et tout ça se passait effectivement à Louhossoa, dans la maison Larregaina – bravo Jeannot et ses copains – à une portée de fusil de la base de loisirs du Baigura. À Larregaina aussi, on avait remarqué qu'il se passait des trucs de l'autre coté de la route d'Hélette. Et quand KI avait revendiqué l'enlèvement de LOL, ça avait fait tilt. Les communiqués qui avaient suivi avaient dissipé le doute : LOL était bien là. Plus de doute, donc, mais peut-être le début anticipé de la grande corrida, car eux n'étaient pas encore prêts. Et si KI, aux intentions louables, n'allait pas faire capoter l'opération ? C'est cette question qui taraudait Bakegileak. Mais plus que tout, l'enlèvement de LOL les mettait dans une situation tout ce qu'il y a de plus inconfortable, dangereuse et ambigüe. KI et eux ne jouaient pas la même partition, mais c'était malgré tout un sacré zortziko, cette musique basque reconnaissable entre toutes sur un rythme à 5/8, base de l'ezpata dantza, qu'ils interprétaient, à leur façon et chacun de leur côté. La perplexité était de mise. Car si l'enlèvement de LOL jouait en leur faveur, éclairant leur action et même la préparant finalement, il la fragilisait aussi en mettant la police sur les dents dans un moment où Bakegileak avait besoin de temps et de calme. Aussi décidèrent-ils de suspendre leurs activités et de se mettre en sommeil, le temps que l'enlèvement soit réglé d'une façon ou d'une autre. Les allers et venues cessèrent et ils organisèrent leurs rencontres a minima dans un autre lieu. D'acteurs, ils devinrent spectateurs, par la force des choses. L'atelier des Bakegileak baissa temporairement le rideau.

C'est ce revers de la médaille que j'ignorais et que personne n'aurait pu imaginer, même dans des élucubrations les plus folles, qui faisait le décor de cette affaire. Un décor en trompe l'œil dans lequel il était difficile de prendre ses repères. Il n'y avait pas de souffleur et il arrivait que l'on bredouillât son texte. Les trois coups avaient été frappés il y a longtemps, et pourtant l'action n'avançait pas. Les actes avaient beau se succéder, quelques belles tirades s'envoler jusqu'au poulailler, une machinerie tomber des cintres, rien ne fleurissait côté jardin, côté cour on était un peu court. Et à la fin de l'envoi, personne ne touchait.

Chapitre XIII

Dimanche matin

Quand les corps exultent

Le réveil n'eut pas le temps de sonner, j'étais déjà prêt. Prêt à bondir du fond de mon lit, vers de nouvelles aventures, du côté de Louhossoa. Je me forçai un peu pour petit-déjeuner robustement, œufs brouillés et bacon à matines, ce n'était pas souvent pour moi. Sauf à embarquer avec une bonne cuadrilla pour une destination agréable avec fiesta et rigolade à la clé. Vêtu de couleurs neutres, j'escaladai mon 4x4. Rumbo a Louhossoa! Arrivé au bourg, la nuit commençait à laisser sa place. Je n'avais pas voulu prendre le risque d'arriver aux alentours d'Etxebehera alors que le jour n'était pas encore levé, les phares de ma voiture pouvant trahir ma présence. Je pris la direction de Macaye avant de tourner à droite pour emprunter la petite route menant à celle d'Hélette. Je m'arrêtai. Carte dépliée sur le volant, je repérai le chemin qu'il fallait que j'emprunte pour surplomber Etxebehera et sa cour, en toute quiétude. Le chemin n'était, ni montant, ni sablonneux, ni malaisé, aussi je le suivis en douceur, pneus tranquilles et moteur discret. Je stoppai dans un tournant pour vérifier ma position. Je sortis de la voiture, un bosquet en contrebas m'empêchait de voir Etxebehera. Je continuai donc encore un peu et manœuvrai pour mettre ma voiture dans le sens du départ, dissimulée par un bouquet d'arbres. J'y étais. Je traversai la corne d'un bois pour arriver à couvert et à flanc de colline juste au-dessus d'Etxebehera dont la cour était vide, à une centaine de mètres en contrebas. Je m'assis, appuyé contre un bouquet de noisetiers, et jumelles aiguisées, je fis le tour du visiteur. Le bâtiment présentait toutes les caractéristiques des maisons abandonnées : peintures fatiguées et par endroit fantomatiques, boiseries écaillées, toit inhospitalier aux tuiles indécises. Puis je me mis à attendre. Autour de moi les petits oiseaux oiseautaient, tout en trilles et en vols hachurés ou soyeux. Le soleil commençait à en connaître un rayon. Plus au sud, vers Bidarray, tournoyaient les vautours, rois du ciel et des crêtes d'Iparla. Au-dessous de moi, rien ne bougeait. Murs anciennement blancs, boiseries anciennement rouges, même sans petite lanterne, Etxebehera était bien une maison close. Il était 7 h 30 passées et toujours rien. Je jumellai à tout va, sans aucun résultat. Sur le côté droit de la maison, une grande porte devait donner sur une grange ou une remise : on pouvait y faire entrer un tracteur, à plus forte raison une voiture. Je scrutai attentivement la cour, mi herbe mi terre battue. Pas de trace devant la grande porte, encore moins de pneu. Si c'était là que LOL était détenue, il fallait aux geôliers un chemin de repli et un moyen de s'échapper avec ou sans leur otage. Or, il n'y avait qu'une possibilité de fuite en voiture, le chemin qui reliait la ferme à la route. Il y avait donc autre chose. Mais quoi et où ? Et comment surveiller le chemin par où devait arriver le danger, quand on est dans une maison aux volets fermés ? On ne peut pas guetter 24 heures sur 24, tapi derrière un volet entrebâillé. Là aussi, il devait y avoir autre chose. Je me posai toutes ces questions quand la porte d'entrée de la ferme s'ouvrit. Sur un type en jean et chemisette foncée, la cinquantaine sportive. Il commença par faire quelques pas dans la cour, comme pour se dégourdir les jambes. Je pris quelques photos, mais j'étais loin. Je le suivis aux jumelles mais sans parvenir à mettre un nom sur un visage mangé de barbe et accompagné d'une chevelure assez brune, assez longue et bouclée sous un béret. Il était 8 h. Il se dirigea vers le bois qui commençait à la limite de la cour, et je le perdis sous le couvert. Il revint au bout de quelques instants avec une bourse contenant quelque chose. Il entra dans le bâtiment. Je notai alors dans mon carnet rouge tout ce que j'avais vu. Je pris également des photos de la ferme. Et j'attendis encore. Je n'avais rien d'autre à faire et j'étais, de toute façon, venu pour ça. Cette histoire d'absence de voie de repli me taraudait. Elle ne pouvait qu'exister, KI avait en la matière une certaine expérience. Nous n'étions ni au Moyen Âge ni en pays cathare, l'idée du souterrain donnant sur la lande ou dans un ravin par où l'on fuyait ne m'effleura même pas. Mais le type était allé quelque part récupérer quelque chose. En bas, Etxebehera s'était à nouveau recluse dans le silence et la fixité. Puisque Lagardère ne venait plus à moi, je décidai d'aller à Lagardère.

Je quittai mon poste d'observation et regagnai le chemin. Je continuai à pied, laissant ma voiture à l'abri. À un détour du chemin, il se mit à descendre, dévoilant un bosquet sur la droite, et au milieu du bosquet une piste qui descendait aussi, mais légèrement. Vers Etxebehera? Je n'allai pas tarder à le savoir. Je m'enfonçai dans le sous-bois en suivant la gauche de la piste encaissée entre deux flancs boisés de vergnes et de noisetiers, constituant une sorte de ravin. Je tombai sur une clairière auprès de laquelle, à couvert, trônait une fourgonnette Citroën dans le sens de la fuite: j'avais découvert le chemin de repli, et c'était sans aucun doute là que le type avait récupéré la bourse. Les ravisseurs avaient donc de la visite. Je notai l'immatriculation avant d'y aller à pixels que veux-tu. Puis je traversai la clairière et je retrouvai un sentier qui menait à la lisière du bosquet, au bout de la cour d'Etxebehera. Je n'allai pas plus loin. Je restai dans le sous-bois mais je sortis mes jumelles. Etxebehera continuait de s'échouer en silence dans la réalité, ferme fantôme au milieu d'un océan agreste. Je revins vers la clairière et la fourgonnette. J'enlevai ma chemise pour m'en servir de gant. La portière du conducteur n'était pas verrouillée et la clé de contact était dans le démarreur. Pas verrouillés non plus, la portière du passager et le hayon arrière. Comme la pure laine, cette fourgonnette était vierge. Rien, pas un papier, pas un chiffon, pas un journal. J'enfilai ma chemise et je quittai les lieux. Je remontai vers ma voiture et repris ma surveillance, dos aux noisetiers. Il ne se passa rien pendant l'heure où je restai en faction. Je m'interrogeai toujours sur la façon dont une quelconque approche par le chemin reliant la route à la ferme pouvait être signalée à ses occupants. Après moult contorsions crâniennes, je pariai sur un œilleton électronique ou quelque chose dans ce genre, dissimulé dans la végétation au début du chemin et donnant l'alarme à l'intérieur de la maison, dès que l'on coupait son faisceau, comme on ouvre les portails à distance.

À l'intérieur de la ferme, mais je ne pouvais pas le savoir, Xabi Mundaka – c'était lui l'homme au béret – était au trente-sixième dessous. Les nouvelles qui lui étaient parvenues dans la bourse contenant le ravitaillement que KI lui fournissait régulièrement n'étaient pas bonnes. La famille Lavie ne répondait pas aux sollicitations de KI et il était désormais clair qu'elle ne paierait rien. Pas un fifrelin, nada, nib, que dalle. Ce refus des Lavie de cracher au bassinet et d'ignorer les ravisseurs, présentait l'avantage de ne fournir aucune piste à la police qui ne pouvait donc efficacement resserrer son étau autour de KI, et donc de lui laisser encore une appréciable liberté de manœuvre. Oui, mais pour faire quoi ?

On commençait donc à se poser la question, la seule qui prévalait dans cette impasse : que faire de LOL ? KI, par la force des choses, était en train de faire une croix sur la rançon. Il n'était pas question non plus de la guillotiner, LOL. Danton, Robespierre, Fouquier-Tinville et compagnie, il laissait ça à d'autres. Comme le type de la pub pour une grande surface, KI aurait pu prévenir Xabi Mundaka : « On est mal, patron… on est très mal ». Le message contenu dans la bourse ne le disait pas comme ça, mais c'est un peu ce qu'il signifiait. Et encore, les membres de KI n'étaient pas au courant du carnaval qui se jouait plusieurs fois par jour à Etxebehera, quand Xabi Mundaka ouvrait la porte de la cellule. Cellule. Une annexe du Chabanais, oui ! Il ne savait plus comment se dépêtrer de ses séances de plus en plus pénibles, de plus en plus chaudes, que constituaient les intermèdes nourriciers du petit-déjeuner, du déjeuner et du dîner. Il redoutait ces moments où il apportait sa pitance à LOL. Il avait renoncé aux séances d'endoctrinement, le cœur n'y était plus depuis qu'il devait, comme Jean le Bon exhorté par son fils Philippe à la bataille de Poitiers, se garder à droite et se garder à gauche. Ça se transformait immanquablement en séance de casting porno, LOL ne sachant pas quoi inventer pour tendre ses rets, tout en finesse et caresse, son truc en plumes, rien qu'en passant ça fouette le sang, rien dans les mains, tout dans l'coup d'reins. Mais il avait commencé à lui servir à manger trois fois par jour – sévère, idéologique, intraitable oui, mais ce n'était pas le mauvais bougre au fond, Xabi Mundaka – il n'allait pas y renoncer maintenant, même au plus mauvais moment. Il n'en pouvait plus. Chaque fois, LOL lui jouait la chatte sur un toit brûlant et lui, pauvre Brick, subissait la tyrannie de Maggie d'une façon que ni Tenessee Williams ni Richard Brooks n'avaient pu imaginer. Il avait cédé une fois, Xabi Mundaka, et depuis, LOL croyait que ce serait tous les jours fête. Il luttait, luttait, luttait, le théoricien de KI, mais dans un domaine dont il n'avait pas l'entière maîtrise : la chair est faible, finalement.

Faire une virée à deux, tous les deux sur les chemins, dans ton automobile, tous les deux on sera bien. Et dans le ciel il y aura des étoiles et du soleil quand on mettra les voiles.

S'en aller tous les deux dans le sud de l'Italie et voir la vie en bleu, tout jouer sur un pari, toute la nuit danser le calypso dans un dancing avec vue sur l'Arno. Au milieu de la nuit en catimini, on s'en ira toute la vie danser le calypso en Italie. Et boire allegretto ma non troppo, du campari quand Paris est à l'eau. S'en aller au matin boire un dernier Martini et aller prendre un bain sur une plage à Capri. Voir sur ta peau le soleil se lever, à la Madone envoyer des baisers.

Tu parles d'une chanson à la con ! Il ne manquerait plus que ça. Bref, il ne savait plus où il habitait, Xabi Mundaka.

Abracadabrantesque, la situation. Et ce n'était pas fini. Il fallait trouver une solution qui ne ferait pas perdre la face à KI. Maintenant, en plus de la houri à gérer, il devait organiser la sortie, Xabi Mundaka. C'était la seule issue qui se profilait à son horizon troublé. Digne et malgré tout satisfaisant, le dénouement, il ne lui restait plus que ça. Il se devait de transformer un épisode finalement peu glorieux en pragmatique coup de pouce pour aider au désarmement et aux Bakegileak. Dans cette affaire, la cause avait été peu entendue, mais il fallait continuer à la servir et ne pas passer pour la cinquième roue du carrosse. Une gageure ? La quadrature du cercle, oui ! À son corps attaquant, LOL s'était transformée en sparadrap du capitaine Haddock. Elle dégoulinait comme la confiture des Frères Jacques, ça coulait, coulait sur les mains de Xabi Mundaka. On connaissait la solitude du coureur de fond. Connaissait-on celle du trousseur de jupon malgré lui ?

Appuyé à mes noisetiers, je guettais toujours. Il était plus de 10 h et je commençais à trouver le temps long. Plus rien ne me retenait à Etxebehera. Et puis, à Bordagain, Circé m'attendait au bord de la piscine. J'abandonnai mon poste et regagnai ma voiture. Mon retour se fit en mode soliloque. J'avais beaucoup de questions et plusieurs réponses à chaque question.

Quelle attitude devais-je adopter? Garder ce que je venais de voir pour moi et vérifier le maximum de pistes qui s'ouvraient désormais? Écrire ce que j'avais vu et assurer un top de ventes à *La Gazette*, mais, le temps me manquait, sans étayer ma découverte? Avertir Petit Poulet et trouver un compromis? Il ne fallait pas trop tarder quand même, LOL était toujours aux mains des ravisseurs. J'ignorais qu'en ce moment même, à Etxebehera, le ravisseur n'y allait pas qu'avec les mains. Xabi Mundaka avait remis le couvert, tenté et succombant, Sardanapale vivant, pour un énième arrêt au stand: la politique, ce n'est pas toujours simple.

Réflexions faisant, j'étais arrivé à Bordagain. Arbre, chien, sonnette, tout était à sa place. Je descendis l'escalier dans un maelström de sonorités mexicaines: Linda Ronstadt chevauchait au grand galop ses Canciones de Mi Padre, impeccablement servie par des mariachis a tope que faisait pleurer le duo danois de la stéréo. Personne dans le séjour, mais, entre un éclat de trompette cuivrée, un glissando de violon criailleur et un boum grave de guitaron joufflu, j'entendis la piscine clapoter. Je m'avançai donc.

— Je suis là, me fit la magicienne.

C'est vrai qu'elle était là. Et un peu là, même, assise sur les marches de la piscine. À mon approche, elle se leva lentement, hiératiquement, savamment. Pour s'immobiliser mains aux hanches, jambes légèrement écartées et bassin en avant. Humide comme une bimbo au Macumba un soir de concours de tee-shirt mouillé, elle portait le terrible maillot de bain blanc à rendre fou monseigneur Barbarin lui-même. Ce maillot – peut-on appeler ça un maillot ? – à la transparence arachnéenne et formidablement suggestive, l'exposait dans toutes ses splendeurs et révélait les mille intérêts de son corps, mieux qu'une dissection au scalpel. Si Louis XV l'avait vue ainsi, la Du Barry aurait dû continuer dans la conserve. Pantelant, je me déloquai comme dans une poursuite chez Benny Hill et je plongeai, flamberge au vent. Je n'avais pas de petit chauve à qui tapoter la tête, mais je trouvai autre chose à faire. Et Geneviève aussi. Miracle de l'en phase, miracle de l'emphase. Mais nous parlerions plus tard.

Plus tard donc, nous nous retrouvâmes peignoirés de blanc, apaisés, détendus, étendus côte à côte sur nos chaises longues. Séparés seulement par une table basse sur laquelle Circé fit fleurir deux cubatas de Pampero.

— Qu'avez-vous fait hier soir ? commençai-je.

— Nous nous sommes régalées. Le ballet américain était fameux, moderne, mais dansé par une troupe aux bases classiques évidentes. Avec de-ci, de-là, et pas cahin-caha, je peux te le dire, des arrangements de Dvorak et de sa symphonie du nouveau monde. Chiadé et épatant. Ensuite nous sommes montées vers les halles où Maité avait réservé dans un resto nordique avec saumon, blinis, un avatar du caviar, un peu d'aquavit et toute la panoplie qui venait du froid. Curieux et léger. Un truc de nanas, quoi. Bien sûr, pour terminer, nous sommes allées au casino. Nous n'avons pas trop gagné, mais pas trop perdu non plus. Raisonnable. Laurence a fait un peu de bénef. À 2 h, j'étais au lit. Et toi ?

— Oh moi, si tu savais !

— Mais je veux savoir. Alors, raconte !

Je pris un acompte de Pampero. Et je commençai par les choux blancs successifs de Petit Poulet à Hendaye et à Anglet. J'en arrivai rapidement à l'appel de Jeannot à Louhossoa. La Suze de Jeannette, le axoa, le koka et le café au trinquet, puis les copains de Jeannot, Larregaina et Etxebehera. Le retour à Ciboure et la préparation de mon expédition de ce matin. Puis ma matinale matinée avec le guet, l'attente, la sortie et la rentrée du type au béret, la découverte de la voiture et les conjectures dans lesquelles je me perdais depuis.

— Eh bien ! tu peux le remercier, ton Jeannot.

— Je ne manquerai pas de le faire, bien sûr. Mais maintenant, qu'est-ce que je fais ? Parce que je n'ai rien de tangible. Les indices ont beau bien s'emboîter, je n'ai pas la moindre preuve.

— Sans doute, mais tu ne peux pas ne pas alerter Petit Poulet. Par contre, je ne dirais rien de la maison Larregaina et de Bakegileak. En l'espèce, il n'y a pas urgence et ça peut te servir plus tard. Cependant, LOL risque gros, tu es obligé de passer le relais et de laisser agir la police, maintenant. Elle seule pourra en avoir le cœur net. Vous trouverez bien un arrangement, Petit Poulet et toi, je n'en doute pas.

— Ce dont je ne doute pas non plus, poursuivis-je, c'est que j'ai faim. Mon petit déjeuner est loin. Et puis les émotions, ça creuse.

— La piscine aussi, non ?

— La piscine aussi. Et beaucoup, même, j'en conviens. Que pourrions-nous nous mettre sous la dent ? fis-je en terminant le Pampero.

— Gambas made in Chakola, merlu rebozado, ananas.

— Ça me paraît raisonnable pour un dimanche.

Je récupérai mes fringues pendant que Geneviève débarrassait la table basse. Nous remontâmes vers la maison, guillerets et légers.

C'est vrai que j'avais faim, aussi décidai-je d'accompagner le merlu de pommes de terre très légèrement sautées que je déglacerai au vinaigre de cidre. J'allumai la plancha et je m'attelai au merlu que je sortis du frigo : deux beaux pavés pas trop épais. Au fond d'une cazuela, je battis deux jaunes d'œufs, j'espelettai, je salai peu de gros Guérande et j'ajoutai du lait. Je battis doucement le tout et j'y tournai et retournai le merlu avant de le laisser s'imbiber. Les patates pelées, je les coupai en fines tranches que je jetai dans une poêle où fristouillait de l'huile d'olive espelettée et grossement salée. Un couvercle sur la poêle et je mis à feu moyen.

L'ananas ? Oui, mais comment ? Je ne me dégonflai pas. Et si je le flambais à l'armagnac ? Ce ne sont pas les mousquetaires qui m'en voudront. Je coupai les tranches, approchai une fiole de la fierté du Gers et préparai la poêle où tout cela partirait en flammes.

Là aussi, notre duo fonctionnait à plein. Moi à la cuisine et au solide, et Geneviève sur la terrasse, au couvert – sang de bœuf et vert, ce coup-ci – et au liquide, gambas comprises. Ce sont elles qui périrent les premières, fraîchement accompagnées de gorgées de txakoli, un Rezabal aujourd'hui. Les gambas ad patres, c'est sur une plancha chaude comme une LOL – mais je ne le savais pas – que je déposai le merlu : un coup d'un côté, un coup de l'autre, c'était prêt. Prêtes aussi les patates que j'aspergeai de vinaigre juste avant de servir. Le txakoli continua à couler à petits flots sur le poisson roi de Saint-Jean-de-Luz et Ciboure et, ma foi ! les pommes de terre se prêtèrent fort joliment à ce jeu gourmand et reconstituant. Oui, la piscine avait du bon ! Puis ce fut au tour des ananas d'entrer dans la danse. Ce qu'ils firent gaillardement dans une poêle chaude qui s'enflamma de bleu et d'orange quand je mis le feu à l'armagnac. Tendre, croustillant aussi, un tantinet caramélisé, la figure de proue de la Martinique clôtura avec finesse cet envoi savoureux, puis le café-piston sonna le repos de nos papilles. L'après-midi, comme la voiture de Madame, était avancé, mais il était à nous.

Enfin, il fut doux de ne rien faire.

Chapitre XIV

Dimanche après-midi

La carte et le territoire

Nous vaquâmes à nos inoccupations, mollement lovés sur la balancelle, Geneviève un magazine dans les mains, moi réfléchissant à poings fermés. Mais le farniente ne dura pas longtemps. J'avais des choses à apprendre à Petit Poulet.

— Franc-tireur de l'info, fit-il en décrochant, que veux-tu que je te dise ?

— Rameur à contre-courant, où en es-tu de tes investigations ? As-tu avancé quelque peu dans l'entrelacs politico-familial ? Se dénoue-t-il ou continue-t-il à être noué comme une gorge de ténor quand un chat l'habite ?

— Comme un ténor. Les Lavie ne sont pas aux abonnés absents, mais comme ils ne décrochent pas leur téléphone, c'est pareil. Ils ne répondent pas aux appels qu'ils reçoivent. Et la plupart d'entre eux coupent très rapidement, ce doit être KI, mais nous n'avons pas le temps de les localiser. Ils vivent en vase clos dans leur appartement de Biarritz : papa, maman, la nièce et le neveu – Robert Lamoureux c'était papa, maman, la bonne et moi – heureusement que des gens comme eux, il n'y en a pas des tas. Ils ne se servent d'aucun téléphone. Ils n'ont pas besoin de communiquer entre eux puisqu'ils vivent ensemble. Et nous, nous n'avons rien à nous mettre sous l'oreille. Ça nous casse l'écoute.

— Et BAL ?

Ils l'ont mis hors circuit. Il a donc renoncé à être en contact avec eux. Je lui rends compte régulièrement de l'enquête. C'est tout.

— Et Leporello, il avance ?

— Il continue de prendre son bâton de pèlerin, mais il n'a pas beaucoup de succès. LOL n'intéresse plus grand monde, même pas sa famille, faut se rendre à l'évidence.

— Je te sens un tantinet désabusé.

— Il y a de ça. Je n'ai aucune piste.

— Et du côté de KI ?

— Nous avons ressorti les vieilles fiches, mais la surveillance ne donne rien. Personne ne bouge.

— Bon. Je vais peut-être t'aider. Je crois que je sais où est LOL.

— Ce n'est pas possible, ça ! Comment fais-tu ?

— Ne t'énerve pas, enquêteur modèle. Je n'ai pu rien vérifier car ça, c'est ton boulot. Veux-tu que je te raconte ?

— D'après toi ?

Et je commençai. Du coup de fil de Jeannot à Louhossoa, des découvertes de ses copains – je ne mentionnai pas Larregaina et les Bakegileak – de ma reconnaissance avant de revenir sur place ce matin, en passant par le type en jean et chemisette, la fourgonnette, dont je lui donnai le numéro d'immatriculation, au chemin de repli. Je lui fis part également de mes interrogations sur le moyen d'être averti en cas d'arrivée impromptue par le chemin reliant la ferme à la route, et de mon pari pour une cellule photo électrique.

— Où es-tu ? fit-il.

— À Bordagain.

— On peut aller la voir, cette ferme ?

— Quand ?

— Tout de suite.

— OK.

— Rendez-vous à Larraldenia dans un quart d'heure.

— Oui, chef.

— Alors ? demanda Geneviève qui avait suivi toute la conversation.

— Nous partons illico pour Louhossoa. Petit Poulet m'attend à Larraldenia. À plus tard Madame L'Oréal.

— Je t'attends, Rouletabille.

Un bécot léger mais encourageur, vint clore ces adieux. Qui n'étaient pas ceux de Fontainebleau, loin s'en faut. Ici, l'espoir était au bout de l'horizon, et Horace Vernet n'embarquait pas avec nous pour Louhossoa.

Comme s'il se doutait de quelque chose de grand, le chien m'accompagna jusqu'à ma voiture, allure digne et queue déférente. Allons ! tout ne semblait pas tout à fait perdu pour ce cabot.

Petit Poulet, coude à la portière, m'attendait dans son véhicule de fonction. J'y montai muni de mon sempiternel carnet, de mes jumelles et de la carte d'état-major. Sur le tableau de bord, il y avait déjà une carte d'état-major : celle de Louhossoa. Petit Poulet ne laissait rien au hasard.

— Qu'as-tu décidé ? lui demandai-je.

— Rien encore, j'attends de voir. Tu as une photo de l'homme qui est sorti de la ferme ?

— Bien sûr.

— Tu peux me la transmettre ?

— Oui, mais on ne distingue pas son visage sous son béret.

Et nous démarrâmes. Rumbo a Etxebehera.

Nous venions de sortir de l'autoroute à Maignon et nous prenions la direction d'Ustaritz quand sa radio cryptée grésilla.

— Delta 1 de Lima 3, nasilla une voix.

— Delta 1 parlez, fit le commissaire Seignosse.

— Le numéro d'immatriculation demandé appartient à Maurice Lesgourgues producteur de volailles à Pomarez dans les Landes. Ce véhicule a disparu lors du marché de Peyrehorade, mercredi de la semaine dernière. La plainte a été déposée le jour-même à la gendarmerie de Peyrehorade. Lima 3 terminé

— Delta 1 pour Lima 3, bien reçu. Terminé.

Et le grésillement cessa.

Arrivés à Louhossoa, nous prîmes la direction de la base de loisirs du Baigura. Je voulais faire passer Petit Poulet devant le chemin qui menait à Etxebehera pour qu'il ait une idée complète de la situation de la ferme.

Attention, fis-je quand nous bifurquâmes à gauche pour rejoindre Etxebehera, c'est en bas à droite après le tournant. Voilà le chemin et au fond la ferme.

Nous continuâmes à la même vitesse et nous arrivâmes à l'embranchement que j'avais pris ce matin, mais en arrivant dans l'autre sens par la route de Macaye. Petit Poulet réduisit encore la vitesse. Nous parvînmes à l'endroit où j'avais caché ma voiture ce matin.

Continue, lui intimai-je.

L'entrée du sentier menant à la clairière, à la fourgonnette puis à la cour d'Etxebehera, se profila.

— C'est ce sentier fis-je, continue encore.

Nous fîmes demi-tour au bout de trois cents ou quatre cents mètres et nous nous garâmes là où j'avais dissimulé ma voiture ce matin.

Les noisetiers nous attendaient à mon poste d'observation matinal. Nous acceptâmes leur hospitalité.

Jumelles au vent – Petit Poulet avait apporté les siennes – nous examinâmes longuement la ferme où rien ne bougeait et dont toutes les issues étaient fermées. Tout smartphone dehors, Petit Poulet prit une série de photos.

C'est par là que le type est sorti, dis-je en indiquant la porte à Petit Poulet.

Notre observation dura encore quelques minutes.

Puisque le secteur est calme, fit Petit Poulet, amène-moi voir la fourgonnette.

Nous rebroussâmes chemin et nous refîmes ensemble ce que j'avais fait seul ce matin. La fourgonnette était là. Deuxième séance photos pour Petit Poulet. La voiture était aussi neutre que ce matin. Nous avançâmes encore jusqu'un peu avant la lisière du bois touchant la cour d'Etxebehera. Photos acte III pour Petit Poulet. Puis nous quittâmes les lieux. Nous étions presque arrivés sur la route qu'un bruit de moteur nous parvint, sur notre gauche, là où Petit Poulet avait laissé sa voiture. Demi-tour et enfoncement dans le bois sur notre droite. Planqués derrière un houx, nous attendîmes. Le bruit passa au-dessus de nous, suivant le chemin et s'éloigna. Rien. Fausse alerte. Ouf! Nous ne traînâmes pas pour regagner la voiture.

Nous prîmes à droite en sortant du chemin et rejoignîmes Louhossoa par la route de Macaye.

— Comment fait-on maintenant? commençai-je. Je voudrais profiter de ce scoop.

— Tu vas écrire tes papiers en disant qu'il y a de fortes chances que LOL soit détenue à Louhossoa. Et tu vas donner les détails que tu as relevés : situation de la maison sans trop de précision, sortie du type en jean et chemisette, bourse, fourgonnette, œilleton électronique, la totale. Moi je vais organiser un coup pour demain avant le lever du jour. Nous serons prêts quand le type sortira, s'il sort. Et s'il sort, il ne rentrera pas tout seul, nous serons là. Nous allons encercler le périmètre à la nuit tombée, avec un hélico en réserve et tout et tout, en cas qu'ils veuillent nous la jouer Bullit. Tout ça tu peux l'écrire, parce que quand les gens vont commencer à lire *La Gazette*, tout sera fini. Si KI lit *La Gazette* au cul du camion dès l'aube, ça va être sauve qui peut, et nous en profiterons aussi. Nous allons nous mettre en place à la nuit tombée. Tu peux l'écrire aussi.

— Taïaut, taïaut, taïaut!

— Effectivement Xanti, le chevreuil n'est pas encore lancé mais les chiens sont déjà prêts. Difficile d'échapper à la meute. Ça ressemble à l'hallali.

— Est-ce que je peux y aller aussi de mon couplet sur les Lavie et sur leur refus de se laisser contacter par les ravisseurs, BAL et tout le cirque ?

— Vas-y plein pot. De toutes façons, ça ne va plus durer longtemps.

— Et s'il n'y a jamais eu de LOL dans la ferme ?

— On prend le risque.

— Et si ça foire ?

— C'est qu'elle était là. Et ça nous donne raison.

— Bon. Je vois que tu es galvanisé comme un pilier géorgien du Top 14.

— Galvanisé peut-être, mais toujours étonné de la façon dont tu glanes les infos. Xanti tu es un pied de nez au Sphinx et au manuel des pratiques policières en matière d'enquête.

— Des amis. Là où il faut, quand il faut. Je n'ai pas d'autre recette. Et évidemment tu es en tête de liste. Je ne te demande même pas de t'accompagner cette nuit, mais à quelle heure matinale pourrais-je t'appeler ?

— Tu fais bien, chacun à sa place. Tu peux m'appeler à 9 h. Je t'aménagerai un créneau.

— Merci. Tu es la crème des poulets…

— De Bresse. Tu me le dis tout le temps.

La radio grésilla à nouveau.

— Delta 1 de Lima 3

— Delta 1, parlez.

— La ferme Etxebehera et les terrains autour constituent une propriété en indivision, l'indivision Etcheverry. Nous en saurons plus demain quand les administrations seront ouvertes. Terminé.

— Bien reçu Lima 3. Delta 1 pour Lima 3, terminé.

Nous étions arrivés à Larraldenia.

— À demain, Petit Poulet. Si ça marche, arrête-toi au trinquet de Louhossoa et remercie discrètement Jeannot et Jeannette, les patrons, ça leur fera plus que plaisir.

— Je le ferai, Xanti. À demain, casseur de métier.

Je remontai sur la colline enchantée dans une trépidance de bon aloi : un bon compromis entre la fierté d'être arrivé à obtenir un résultat à force de ténacité, et la juste mesure de me dire que si j'y étais parvenu, c'est parce que je le valais bien.

Comment il se monte le bourrichon, le Xanti ! Si, si, j'en entends qui marmonnent. Qui se disent qu'il n'a que du pot, que c'est son copain de Louhossoa qui a fait tout le boulot ! Qu'il n'est que la cinquième roue de carrosse, sur ce coup. Certes. Mais mon copain de Louhossoa, qui a-t-il appelé ? Vous ? Même pas en rêve. Non, il m'a appelé moi, parce qu'il savait que j'étais l'homme idoine, le capitaine ad hoc, the right man in the right place pour jouer cette partie-là. Et si je m'étais trompé ? avancez-vous. Et puis quoi encore ? Ronchons et naïfs, voilà comment vous êtes. Parce que vous croyez qu'après tout le mal que je me suis donné, je vais finir la séquence sur un coup d'épée dans l'eau ? Non, non, je suis comme Cyrano, moi. À la fin de l'envoi, je touche. C'est moi qui l'écris, ce bouquin, je sais où je vais. Accordez-moi donc une certaine cohérence dans l'écriture de cette histoire.

Quand je vous mets l'eau à la bouche, je vous offre un verre tout de suite après. Et maintenant, continuez votre lecture. Ayez confiance ! Nous sommes d'accord ? Alors je reprends.

Une qui le valait bien aussi, c'était Madame L'Oréal qui se laissait balloter avec grâce dans la vie que je lui faisais mener en ce moment. Une vie de passereau, en équilibre d'une branche à l'autre, sans trop savoir quel serait le prochain rameau.

— Alors, demanda-t-elle, Petit Poulet a vu ce que tu as vu ?

— Le type n'est pas sorti, mais la fourgonnette est toujours en place.

— Et ?

— Les commandos vont attaquer à l'aube.

— Et toi ?

— Je vais faire mon papier et raconter tout ce que j'ai vu en annonçant que LOL pourrait être détenue à Louhossoa. Je vais écrire également que les Lavie ont fermé la porte à toute transaction en se murant dans un mutisme téléphonique qui ne facilite pas la tâche de la police. Et que la grande fantasia policière commencera avant le lever du jour.

— Eh bien, il est sûr de son coup, Petit Poulet ?

— Il en a surtout marre et il fait le pari de forcer les feux pour arriver à un résultat.

— Si vous vous êtes trompés ?

— Il dira qu'il ne fallait négliger aucune piste.

— Et si ça chauffe ?

— Il dira qu'il a pris le risque car il n'avait pas d'autre solution, puisque le contact était coupé avec les ravisseurs à cause de l'obstination de la famille Lavie. Il a plus d'une corde à son arc, il n'est pas sorti de la dernière couveuse, Petit Poulet.

— Vous avez décidé que c'était la meilleure stratégie. Alors foncez.

Je commençai par *La Gazette*. Je fis un petit topo retraçant l'affaire et les difficultés rencontrées pour faire avancer l'enquête. Puis j'annonçai que LOL pouvait bien être détenue du côté de Louhossoa, dans une ferme abandonnée, que je décrivis un peu. Je déroulai ma matinée avec force détails, la sortie du type à béret dans la cour, son aller-retour dans le sous-bois et son retour avec une bourse. J'imaginai le système mis en place pour prévenir des incursions sur le chemin menant à la route. Je racontai aussi le chemin de repli et la fourgonnette vierge de tout indice et prête à bondir. Appartenant à Maurice Lesgourgues de Pomarez et volée au marché de Peyrehorade. Je n'oubliai pas non plus le volet Lavie et l'attitude de la famille qui refusait tout contact avec les ravisseurs : application drastique des principes républicains et démocratiques, ou pingrerie majuscule ? Je laissai les lecteurs choisir. Je fis aussi un petit clin d'œil à Leporello qui, sur le devant de la scène, s'époumonait en tirades magnifiques pour tenter de sauver sa patronne, mais qui ne récoltait rien : le public, comme le Commandeur, restait de marbre. Et puis j'en vins à décrire l'opération policière envisagée pour délivrer LOL : dispositif – dans lequel j'inclus l'hélicoptère – mis en place dans la nuit de dimanche à lundi, et passage à l'action avant l'aube. Je titrai « LOL, baisser de rideau » et j'envoyai avec des photos du type au béret et de la ferme côté cour.

J'attendis un peu en préparant mon papier pour *Le Parisien*, puis j'appelai Roland.

— Xanti, champion du monde ! Comment fais-tu ?

— J'ai des amis là où il faut.

— Et Seignosse ?

— C'est notre plan. Il va faire comme je l'ai écrit. Je crée le désordre et lui il surveille. Demain, quand *La Gazette* paraîtra, tout sera terminé. Normalement.

— Acceptons-en l'augure. Elle est où cette ferme ?

— Du côté de la base de loisirs du Baigura.

— Le type sur la photo ?

— Je ne suis pas parvenu à l'identifier.

— Bon. L'homme au béret en une et la ferme en page 3. Ça va cartonner demain.

— Je crois que nous avons été bons sur ce coup, Seignosse et moi.

— Sûr que oui. Allez, à demain. Banzaï Xanti !

Pour *Le Parisien*, je le fis à peu près semblable, mais je mis plus en évidence l'attitude des Lavie et la mise de BAL sous le boisseau. Je grossis également le trait pour Leporello et sa folle chasse aux millions et aux militants généreux : les aventures du PRP, c'était toujours bon à Paris. Je titrai « Opération de police pour délivrer LOL », je joignis les photos et j'envoyai. Kattalin était toujours sur le pont au secrétariat de rédaction.

— Xanti ! Vous l'avez retrouvée, comment avez-vous fait ?

— De la patience et des amis là où il faut. Et j'en ai également à Louhossoa.

— Tu en as partout, de toutes façons.

— Des amis, et du flair aussi, Kattalin, non ?

— Oui, Xanti. Bravo à toi.

— Je t'appelle demain en fin de matinée.

— Je serai là. Je t'embrasse.

— Moi aussi, Kattalin.

J'appelai le Trinquet de Louhossoa.

— Trinquet de Louhossoa, j'écoute.

— Jeannot, c'est Xanti.

— Alors ?

— Lis *La Gazette* demain matin. Et puis continue à ouvrir l'œil et à laisser traîner tes oreilles. Bravo encore. Je ne t'en dis pas plus. Tu auras la surprise demain.

— Xanti, explique-moi.

— Non Jeannot, tu sauras tout demain. Passe une bonne soirée. Embrasse Jeannette.

Et je raccrochai.

Pendant que je rangeais mes affaires, Circé s'approcha. Au maximum de sa férocité.

Chouchou bordeaux dans ses cheveux dorés, chemisier blanc, perles aux oreilles et autour du cou, tailleur cintré et jupe courte, mille raies bordeaux bien sûr, ballerines et Laffargue bien évidemment bordeaux et un jonc de chez jonc en platine : elle affichait joliment complet.

— Tu décides, mais je fais un plouf avant de partir. Une seule contrainte, il faut que j'appelle Petit Poulet demain à 9 h.

Pistoche, douche, en un rien de temps, j'étais sur le pied de guerre pour partir en paix.

— Il n'est pas encore 20 h, Donostia, laissa-t-elle tomber, superbe et veloutée.

— Circé, tes désirs sont des ordres.

— J'espère bien, Mike Hammer.

Je décapotai la voiture et nous laissâmes la colline enchantée derrière nous.

La Corniche en grande forme étalait ses sortilèges marins, campagnards et montagneux, qui nous prirent dans leurs rets tendus sur des couleurs que seul septembre au Pays basque est capable d'inventer. Les mauves faisaient du pied aux bleus, les verts clignaient des yeux avant de fermer leurs paupières et les cuivres flambaient encore dans la douceur du soir commençant. Une fois de plus c'était sûr, on était mieux qu'à Valenciennes.

Le parking Concha nous abrita et nous sortîmes à l'air libre, à un jet de glaçon du Londres. Le salon donnant sur la Concha fut notre première et indispensable escale. Là, tout n'était qu'ordre et beauté, luxe, calme et volupté. Des meubles luisants, polis par les ans, décoraient notre havre ; les plus rares fleurs mêlant leurs odeurs aux vagues senteurs de l'ambre, les riches plafonds, les miroirs profonds, la splendeur gipuzkoane, tout y parlait à l'âme en secret sa douce langue natale. Nous étions assis, mais le voyage s'était invité. Comme toujours quand nous étions à Donostia. C'est bien évidemment avec une cubata de Pampero que nous hissâmes les voiles. Notre cabotage fut ensuite une paisible pérégrination qui nous fit voguer au gré de notre plaisir, dans cet archipel gourmand qu'est le vieux quartier. Nous enfonçâmes notre coin à l'angle de la place de la Constitution, avec les champis du Tamboril, le bar des jumeaux. Plus loin vers les halles, presqu'au bout de la rue Fermin Calbeton, les brochettes de gambas du Goiz Argi nous donnèrent un goûteux élan. Dans la même rue, à Borda Berri, les callos de bacalao dans leur moelleuse sauce verte ne nous déçurent pas. Nous ne pouvions quitter cet Eden sans un saut à la Cuchara de San Telmo, un bar couloir niché dans une ruelle jouxtant le musée éponyme, parallèle à la rue de 31 de Agosto. Là, nous nous régalâmes d'oreilles de cochon grillées, qui donnaient dans l'affectueux car relevées et aillées généreusement. Nous nous laverions énergiquement les dents avant de nous coucher, et puis c'est tout. Geneviève avait commencé sur un prudent mosto, ce jus de raisin joliment servi comme un cocktail dans les établissements sérieux, puis dans ma roue, avait enfourché du Rueda. Nous nous aérâmes le métabolisme, guidés par la célèbre rambarde blanche, du port au Londres, où un café solo clôtura notre envoi. Nous fermâmes cette délicieuse parenthèse à la sortie de Renteria, à hauteur des Capuchinos. À partir de là, LOL revint au centre de la conversation. À Bordagain, le chien nous attendait, quasiment au garde-à-vous. Comme la sentinelle veille sur la caserne. Et il manœuvra avec autorité autour de sa patronne. Quel faux-cul ce clébard ! Je n'en démordrai plus, ce chien était croisé avec un jésuite.

Un peu plus tard, après un féroce lavage de dents, nous eûmes une pensée pour Petit Poulet. Lui, ce soir, n'embarquait pas pour Cythère.

Chapitre XV

Lundi matin et après-midi

Pas si vide que ça, le nid

Bien sûr, notre nuit avait été et de Chine et câline. J'avais abandonné Geneviève après un double hommage à ses tentatrices fossettes, mais j'avais résisté. Pourtant c'était le matin et je savais où j'allais. Toute la nuit j'avais cherché mon bonheur partout. Moi, je l'avais trouvé. J'avais suivi mon cœur qui insistait. Je m'étais battu, j'avais signé et persisté. Hier soir je m'étais couché avec pleins de rêves en moi. Mais ce matin, je résistais.

Le chien me regarda passer d'un œil torve, couché, le museau dans les pattes.

Socoa s'offrit à moi comme un tremplin pour une journée qui s'annonçait décisive. Je nageai tout en imaginant les événements se déroulant à Louhossoa. Comme Louis XVI à

10h22 le 21 janvier 1793, j'avais la tête ailleurs. J'arpentai donc gaiment la digue, les pieds quasiment écumants – c'était marée haute – et la tête casquée des criailleries des mouettes et des goélands. La houle creusait et, ça et là, l'océan tirait de longues langues d'écume le long de la digue, petits Fuji Yama passagers. Mon aller-retour ne se fit ni au trot, ni au galop, j'allai l'amble, comme à la parade, le buste droit, la jambe alerte mais pas trop. Le trop plein de ma tête s'écoulait vers mon corps et je me retenais de ne pas exploser en pensant à l'épilogue de cet enlèvement marin et automobile. Petit Poulet et moi, nous tenions le bon bout. Du moins, l'espérais-je. Et c'était ça qui m'envoyait des décharges d'adrénaline partout, que je tâchais de calmer. Quand même, n'y tenant plus, arrivé au bout de la digue, j'avais poussé un irrintzina sauvage, exutoire hurlant de la tension qui m'arquait : j'étais seul et personne n'avait pu me prendre pour un fou. C'est d'un scooter presque brutal que je regagnai Marinela. Douche, petit-déjeuner de combat, j'étais prêt. À appeler Petit Poulet.

— Alors, commençai-je, dès qu'il décrocha.

— Xanti, le nid était vide, mais LOL était bien là. Bien ton papier ! J'ai trop de choses à te dire. Et, toute la matinée, je vais être à bloc. Le mieux, c'est que nous déjeunions ensemble, je t'invite, tu l'as bien mérité. Chez Margot à 13h. Point presse à Larraldenia à 17h.

— Ciao, ciao Petit Poulet.

Je n'eus pas le temps d'être déçu que mon smartphone tintinnabula : Jeannot à Louhossoa.

— Xanti, partit-il au galop, pour une surprise, c'est une surprise. Cet article que tu nous as fait ! Et puis le commissaire est venu nous remercier, Jeannette et moi. Discrètement, magnifique. Ça, c'est la classe.

— Je te l'avais dit, Jeannot, c'est un mec bien. Normal, c'est mon ami. Donc vous avez su avant tout le monde que ça c'était bien passé. Moi-même, je n'ai pas encore tous les détails. Tes renseignements étaient de première bourre. Merci encore. Pas besoin de parler des Bakegileak.

— J'ai aussi apprécié, c'est bien ce qu'ils font. Cette affaire, ça va faire de la publicité pour le village. C'est bon pour le commerce, tout ça.

— C'est un juste retour des choses, tout travail mérite salaire, Jeannot.

— Bon je te laisse, Xanti, j'ai des clients plein le bar. Tu passes quand tu veux, il y aura toujours du koka.

— Merci Jeannot, à bientôt.

J'appelai Roland.

— Xanti, quoi de neuf?

— Ils ont bien retrouvé LOL, mais je n'ai pas encore de détail. Je déjeune avec Seignosse. Il va faire un point presse à 17 h au club Larraldenia.

— J'ai envoyé Pibale à l'aube, faire des photos de la ferme, côté route cette fois. Et du dispositif policier qui doit être encore visible. Comme ça on aura la totale. J'ai fait augmenter le tirage, on a fait un bon coup. C'est bon pour nous, Xanti. Je serai peut-être à Ciboure tout à l'heure. En tout cas, Pibale y sera.

— OK, Roland, ciao, ciao.

La matinée s'annonçait trépidante. Je m'arrêtai au quai Ravel. La terrasse du Garra avait ses habitués, et à l'intérieur, le bar connaissait une jolie affluence : public nombreux et connaisseur. Gratien et Michel occupaient la pôle position, en face de la machine à café. À droite en entrant, Angel compulsait la presse avec application, comme d'habitude.

— Xanti, toujours dans le peloton de tête, me fit-il, quand il me vit entrer.

— Quand tu as les bonnes jambes, c'est plus facile, Angel.

— Regarde-le moi, l'autre là, commença Gratien, en m'apercevant. Le chouchou des flics. Je vais lui commander un café quand même.

— Merci Gratien, le chouchou parce que je leur apporte de bonnes infos, répondis-je chanoinement, la tête penchée et en me frottant les mains.

— Alors, comme ça, tu travailles avec les flics ? insista-t-il.

— Je ne travaille pas avec les flics, mon cher Gratien, ni pour, d'ailleurs. Il arrive des moments où il faut être efficace. Qu'aurais-tu préféré ? Que je garde tout ce que je savais pour moi, au risque de faire zigouiller ta chérie.

— Là, il marque un point, s'empressa de railler Michel.

— Et qu'est-ce que tu savais ? continua Gratien, ne s'avouant pas battu.

— Là où LOL était détenue, et tous les détails que tu as lus ce matin. Mais comme les commandos ce n'est pas mon métier, j'ai pensé qu'il valait mieux appeler la cavalerie. Qui a délivré LOL ce matin. Tu vois, c'est un scoop que je te donne. Plus besoin de payer la rançon. Et toi, qu'est-ce que tu as donné, quand Leporello est venu faire la quête ?

— Arrête, s'agaça-t-il, c'est des foutaises, tout ça.

— Donc, tu n'as rien donné, envoya Michel. Qu'est-ce qui se passe ? Toi qui es un fan de LOL, toi qui es au Roseau, tu n'as rien donné. Ce n'est pas bien ça.

— D'abord, je ne suis pas au Roseau. Et qu'est-ce qui te dit que je n'ai rien donné ? lui fit Gratien avec une souriante hargne.

— Toi, reprit Michel. Tu viens de dire que c'était des foutaises.

— Tais-toi, tu ne comprends rien, supplia Gratien. Dis-lui, toi, me demanda-t-il, qu'il ne comprend rien.

— C'est vrai que tu es difficile à suivre, lui répondis-je. Tu dis que c'est des foutaises, ensuite tu t'énerves et enfin tu nous dis que tu as donné mais que tu n'es pas au Roseau.

— Il y a plus clair comme position, continua Michel. Pourtant, ce n'est pas compliqué : ou tu as donné ou tu n'as pas donné. Alors ?

— Tu n'as rien compris, conclut Gratien.

— Mais tu es content que LOL soit libérée sans que la rançon soit payée, poursuivit Michel. Comme ça tu vas récupérer ton pognon.

— Personne ne voulait payer, de toutes façons, se défendit-il encore. Ni le PRP, ni la famille.

— Ni Le Roseau, embrayai-je, à part des inconditionnels comme toi.

— Vous me fatiguez tous les deux, lâcha-t-il. Allez, reprenez un autre café.

— Ça va encore t'énerver, fit Michel.

— Non, abandonna Gratien, c'est toi qui m'énerves.

La machine crachouilla trois cafés et le combat cessa. Nous les bûmes en silence. Ravi de cette mise en jambes, j'abandonnai l'arène.

D'un coup de scooter gaillard je traversai le pont et je me garai sous mon platane sur le parking du port. Je traversai la place Louis-XIV et j'accostai à la terrasse du Majestic. Il restait encore des preneurs de café. Un « Xanti ! » fusa. C'étaient Jakes et Michel, de Saint-Jean-de-Luz, celui-là. Je ralliai leur table.

— Messieurs, je vous salue, commençai-je.

— Comment sais-tu tout ce que tu écris ? commença Jakes.

— Parce que c'est moi qui l'ai découvert. Avec l'aide de quelques amis, que j'ai sur place, j'en conviens.

— Et la police ? ajouta Michel.

— Quand j'ai trouvé l'endroit dans lequel je pensais que LOL était détenue, j'ai prévenu le commissaire Seignosse. Je n'allais pas y aller tout seul comme dans les séries américaines. Ensuite, nous avons décidé comment nous agirions, chacun dans sa partie. Lui sur le terrain et moi avec mon stylo. Je peux déjà vous dire que LOL a été libérée. Mais je ne connais encore aucun détail de l'opération. Voilà, vous savez tout.

— Mais les autres médias, continua Michel, qu'est-ce qu'ils disent ?

— Je n'en sais rien. Et puis je m'en fous, ils n'ont qu'à faire comme moi : avoir des amis partout, traîner et trouver des trucs. C'est uniquement ça, mon secret.

— Tu veux un café ? demanda Jakes.

— Non merci. J'en ai déjà pris deux au Garra avec Gratien et Michel de Ciboure. Il y avait de l'ambiance :

chien et chat, voilà comme ils sont tous les deux. On a fait du deux contre un, Michel et moi contre Gratien : était-il de ceux qui ont participé à la quête pour le paiement de la rançon, organisée par Leporello ? Nous n'avons pas réussi à savoir, mais il a fini énervé et ça nous a suffi.

— Et maintenant ? s'enquit Michel.

— Je n'en sais encore rien. La suite demain dans *La Gazette*.

— Tu ne perds pas le nord, fit Jakes.

— Je ne l'ai pas trouvé serait plus juste. C'est vrai, le nord de demain, je ne l'ai pas encore trouvé. Ça ne saurait tarder. Mais vous avez raison, il faut bien faire marcher le commerce, ce n'est pas à vous que je vais l'apprendre. Le commissaire Seignosse fait un point presse tout à l'heure à 17 h à Larraldenia. Mais pour le reste, je confirme : demain il faudra lire *La Gazette*.

— Eh bien ! nous allons attendre demain, fit Michel.

— Vous avez dû en vendre des *Gazette*, ce matin ? s'enquit Jakes.

— Roland Campan a fait augmenter le tirage, fis-je. Je ne sais pas de combien, mais il a bien prévu le coup, c'est sûr. Messieurs, je vous laisse, le devoir m'appelle.

Au retour, je m'arrêtai à Larraldenia : on y attendait bien la Maison Poulaga à 17 h pour un point presse. Je m'appuyai au-dessus des bateaux et j'appelai *Le Parisien*.

— Kattalin, c'est Xanti.

— Je t'ai reconnu. Ça s'est bien passé ce matin ?

— Oui, LOL a été libérée mais je ne connais pas encore les détails. Le commissaire Seignosse fait un point presse à 17 h.

— J'en ai discuté hier après ton coup de fil. On prend 2 500 signes. Ensuite tout dépendra du point presse.

— Tout à fait, Kattalin. Je t'embrasse. À demain.

— À demain, Xanti.

En admirable état pour le travail, le farniente, pour n'importe quoi, finalement, je me votai un petit moment de détente. D'un coup de scooter incisif comme une attaque de l'Afrika Korps dans le désert de Lybie, j'escaladai la Corniche pour m'arrêter près du blockhaus à l'embranchement de la bretelle conduisant à l'autoroute. J'enfourchai le canon et j'y posai mes fesses sur le métal chaud d'un soleil enthousiaste. Et je me mis à rêvasser. LOL, KI, le PRP, la famille Lavie, BAL, Leporello, Le Roseau. Tous les protagonistes de cette histoire s'entremêlaient dans une joyeuse sarabande. Mais je peinais à effectuer le clap de fin. Le mystère restait, pour le moment, quasiment entier. Et je posai à ma manière, la question fétiche de Jacques Chancel lors de ses célébrissimes Radioscopies, « Et KI dans tout ça ? ». Dieu, c'était encore autre chose. Océan irisé, métal liquide en conversion, taillant leur route, des bateaux obstinés ou joueurs, vagues à l'âme écumantes autant que récurrentes, agiles escadrilles d'oiseaux sans île, oui, elle était belle, la vie. Il me fallut pourtant quitter mon promontoire, Petit Poulet m'attendait chez Margot. Et lui, il était dans autre chose que l'émerveillement.

Nous arrivâmes en même temps.

— Quelle coordination, les garçons ! remarqua Amatxi qui veillait sur la terrasse. Je vous ai gardé un petit coin discret à l'intérieur.

Nous l'embrassâmes et nous la suivîmes.

— Asseyez-vous là, comme ça vous pourrez travailler tranquilles. Je vous ai fait le menu : chipirons à l'encre, baudroie flambée au cognac, sorbet, avec un txakoli. Je vous apporte la bouteille tout de suite.

Ce qu'elle fit illico.

Cette goûteuse litanie fut saluée d'un double « merci Amatxi » enthousiaste.

— Ils étaient contents de ta visite au Trinquet ce matin, merci pour eux, fis-je. Alors ?

— D'abord l'officiel, commença Petit Poulet. Mon équipe et moi, nous sommes arrivés par le petit bois et le chemin que tu m'as montré. La fourgonnette était toujours dans la clairière. Les autres étaient en position tout autour, avec ordre de ne pas emprunter le chemin à cause de l'alarme qui devait y être installée. À 7 h pile, nous sommes sortis du bois et arrivés dans la cour. Au-dessus, là où tu t'étais installé le dimanche matin, une équipe était en faction pour arroser la façade au cas où. Pour entrer, tout était prêt, boucliers, bélier, grenades assourdissantes, nous n'avions pas mégoté. Mais nous n'avons pas eu à en faite usage, la porte par où tu m'as dit que le type au béret était sorti, n'étant pas fermée à clé. J'ai donc donné l'ordre à ceux qui encerclaient la maison de se mettre en position et de boucler le périmètre que nous avions préalablement délimité.

À l'intérieur, silence de mort. Pas un bruit. Le nid était vide. La pièce, une grande entrée, une porte à droite donnant sur la grange, une porte à gauche s'ouvrant sur la cuisine. Où il y avait des restes de boustifaille, conserves, chips et autres aliments à consommer pour se nourrir et non pour manger.

Au fond de la cuisine, une porte donnant sur un cabinet de toilette rustique avec une fenêtre ouvrant sur la façade côté route. Dans l'entrée, sous l'escalier montant à l'étage, un lit. Où l'on avait dormi, mais pas cette nuit. Avec toute une installation vidéo et un écran de contrôle, le tout débranché. Tu avais raison, il y avait bien un œilleton électronique qui déclenchait la vidéo en cas d'intrusion. À l'étage, trois chambres vides. Curiosité, la ferme, où ce qu'il en reste, disposait de l'eau et de l'électricité. Dans la grange, un bordel agricole pas possible, un maigre squelette de tracteur, des bottes de paille millésimée, des outils disparates. Et un cagibi avec un WC. Au fond de la grange à gauche une grande pièce avec deux fenêtres ouvrant sur la façade côté route, une remise sans doute, avec au plafond des crochets de bois pour faire sécher la cochonnaille. Dans la grange, derrière la paille, une trappe dans le sol ouvrant sur un escalier. En bas de l'escalier une cache aménagée il y a longtemps, pour entreposer sans doute des produits de contrebande. Fermée à clé, la porte de la cache. Là non plus, pas un bruit. Nous n'avons au aucun mal à faire sauter la serrure, et là…

— Ne me fais pas languir.

— LOL. Dans la pénombre d'une pièce aveugle, meublée avec le minimum syndical : un matelas, une petite table et une chaise. LOL avec une cagoule sur la tête. Ahuri sur le pas de la porte, j'ai actionné l'interrupteur extérieur qui éclairait et l'escalier et la pièce. LOL n'était pas attachée, elle s'est avancée vers moi à genoux, les mains tendues marmonnant des « s'il te plait » suppliants. Elle a enchaîné avec des « c'était bien, hier ». J'avoue que je suis resté interloqué, balançant d'un pied sur l'autre. Le temps qu'elle s'approche de moi et qu'elle m'étreigne les jambes, comme une mater dolorosa celles du Christ à la descente de la croix. « S'il vous plait quoi ? ai-je fini par dire. Je suis le commissaire Seignosse, vous êtes libre, vous pouvez enlever cette cagoule. » Elle l'a enlevée et m'a regardé avec des yeux hagards. Un regard bizarre. Je n'ai pas pu définir si elle était soulagée d'être délivrée, heureuse de se retrouver libre, ou autre chose. Il y avait comme une attente. Elle a mis un temps que j'ai jugé très long à recouvrer ses esprits et sa personnalité. Et elle n'a même pas demandé si nous avions arrêté les ravisseurs. Comme si leur sort ne l'intéressait pas. Nous l'avons ensuite conduite à l'hôpital de Bayonne, pour toute une batterie d'examens médicaux et de tests psychologiques.

Amatxi arriva avec les chipirons à l'encre.

— Bon appétit ! nous dit-elle.

— Et ces supplications, c'était quoi ? Ils la battaient les geôliers ou quoi ?

— La Vierge à la descente de la croix m'est venue à l'esprit. C'est à Marie-Madeleine que j'aurai dû penser. Le syndrome de Stockholm, mon vieux, voilà ce qui faisait chavirer le regard de LOL. Parce que le geôlier, il n'y a en avait qu'un, nous a-t-elle dit, c'est lui qui lui a coupé un doigt, il ne la battait pas, au contraire, il lui faisait plutôt du bien. Quand je suis entré dans la pièce, elle m'a pris pour lui et elle m'a demandé de faire comme hier. Qu'est ce qu'ils avaient fait hier ? D'après toi.

— Non ! Ne me dis pas. LOL et le geôlier s'envoyant en l'air dans la cellule ?

— Bien sûr qu'elle ne m'a rien dit de tout ça, mais j'en suis certain. Ça explique son attitude bizarre quand elle a enlevé sa cagoule. Elle regrettait que tout ce cirque s'arrête, finalement.

— Dommage que je ne puisse écrire ça, Petit Poulet. Ça aurait fait marrer les gens.

— Comme si ça allait te gêner de trouver un subterfuge pour le suggérer. Je te connais par cœur.

— Et les Lavie, et BAL ?

— J'ai laissé un message aux Lavie. Je ne suis pas plus royaliste que le roi. Mais j'ai averti BAL moi-même : soulagé, sans plus.

— Et KI ?

— On est en train de passer la ferme au peigne fin, mais pour trouver des empreintes, je n'ai pas grand espoir. Même l'ADN, ça va être délicat.

La noirceur de l'encre des chipirons jurait un peu avec le conte de fées que me racontait Petit Poulet, mais le contraste était succulent. Amatxi nous servit la baudroie et nous continuâmes dans les saveurs, joliment agacées par le txakoli, un Hiruzta de Hondarribia. Le sorbet au citron et le café nous donnèrent l'élan nécessaire pour terminer cette journée en beauté. Nous l'avions bien mérité.

— À tout à l'heure, Xanti.

— On se voit tout à l'heure, fis-je, au point presse.

Où j'arrivai juste à l'heure.

Dans la salle du club Larraldenia, devant la baie donnant sur le port de plaisance, Petit Poulet, dos aux bateaux, trônait à une table truffée de micros et installée là pour la circonstance. Les médias avaient pris place, assis aux deux rangées de tables habituelles, installées à touche-touche et dans le sens de la longueur de la pièce. Leurs regards tournés vers Petit Poulet, dont la silhouette se détachait à contre-jour, ignoraient donc le bar qui prenait tout le fond de la pièce. J'y pénétrai par la remise derrière le bar, au coin duquel je me calai.

C'était déjà bien commencé quand Pibale arriva, à l'aise et décontracté, Lucky Luke du pixel. Je lui fis signe que je l'appellerai demain. Il traversa alors la salle pour me rejoindre.

— C'était bien à Louhossoa? lui demandai-je.

— Mieux que ça, Xanti. Les flics étaient surpris de me voir sur place et j'ai profité de leur hésitation. J'ai shooté. J'ai aperçu Bruno Subelet, l'adjoint du commissaire Seignosse et je lui ai demandé si je pouvais faire des photos à l'intérieur de la ferme. Je l'ai eu à la tchatche et il m'a laissé passer. Il m'a accompagné partout dans la ferme, mais j'ai des photos de la cellule de LOL.

— Pibale, tu es le plus fort. Et le plus gonflé aussi. Demain encore, on va vendre.

— Je te laisse, j'y vais.

— Vois avec *Le Parisien* pour les photos.

— Ne t'inquiète pas, je m'en occupe tout de suite.

Sacré Pibale, il avait encore réussi à se faufiler partout.

Aux micros, Petit Poulet faisait son numéro habituel, informer sans trop dire: un exercice où il excellait.

— Mesdames, messieurs, fit-il, je vous attends dehors pour répondre à vos questions. Le décor est sympa, autant en profiter.

Pro jusqu'au bout des ongles, le type.

Pibale, qui avait dû négocier les photos de l'intérieur de la ferme avec *Le Parisien* et d'autres journaux ou magazines de la capitale, était encore là, et perché sur un poteau métallique servant à caler les bateaux en haut du plan incliné pour le radoub, mitraillait à tout va l'essaim qui bourdonnait autour de Petit Poulet. Un cas, ce Pibale !

Chapitre XVI

Lundi soir et mardi

Le syndrome de Louhossoa

C'est d'un scooter frétillant que je ralliai Marinela où je me mis au travail dans la foulée. Je n'avais d'autre choix, pour *La Gazette*, que de dérouler rapidement le fil d'une journée que l'on pourrait entendre et voir partout dès ce soir, et lire à partir de demain matin, dans tous les journaux. Aussi privilégiai-je perfidement les suites de cette rocambolesque aventure. Les relations LOL/PRP. Les rapports filiaux chez les Lavie où l'on avait abandonné sa fille – et sa tante – en rase campagne. En rase compagne aussi, un peu, pour BAL. Je n'omis pas le juste combat de Leporello, infatigable propugnateur de LOL. Et puis, je saupoudrai le tout avec un croustillant syndrome de Stockholm. Je me laissai aller à imaginer les rapports geôlier/prisonnière, en faisant couler ma source plutôt du côté de l'hôpital de Bayonne, je n'allai pas mouiller imprudemment Petit Poulet. Je fis dans le suggestif, un peu Nathalie Wood dans *La prisonnière du désert*, un peu Ingrid Betancourt chez les FARC. Une fois bien instillé ce venin rigolo, j'allumai un contre-feu en antidote : autour de la démarche des Bakegileak, la réapparition de KI et le pari sur sa disparition immédiate des radars. La Paix, il n'y avait que ça de vrai ! Je titrai « Le syndrome de Louhossoa » et j'envoyai avant d'appeler *La Gazette*.

— Xanti, commença Roland, pour LOL et son geôlier, tu inventes ou non ?

— Pas du tout Roland. J'ai un témoignage troublant dont hélas, je ne peux me prévaloir. Ce n'est pas et ce ne sera jamais officiel, mais c'est possible, probable et plus que plausible. Et surtout, c'est amusant. Le cœur a ses raisons que la raison ignore. Et LOL, comme tout le monde, a un cœur. Et puis il faut bien que je me démarque de la concurrence. D'où les prospectives, politique, familiale et sentimentale.

— Ça me va Xanti. J'ai toutes les photos qu'il faut.

— Ouvre un œil sur les Bakegilak, ce sont eux qui vont faire l'actualité, maintenant.

— Promis, Xanti.

— Ciao, ciao, Roland.

Je m'attelai à mon papier pour *Le Parisien* dans un tout autre état d'esprit. Je racontai le dispositif autour d'Etxebehera. Bien sûr, je suggérai le syndrome de Stockholm – vous me connaissez – mais je mis en exergue le chaos relationnel que cette affaire avait fait naître entre LOL et ses proches. Sa famille tout d'abord où s'annonçait une belle partie de manivelles. BAL, ensuite, qui n'avait pas joué, loin s'en faut, les facilitateurs, rôle dans lequel on l'attendait de par son état de compagnon officiel de LOL. Et puis surtout le PRP qui l'avait laissée tomber. « Ne me parlez plus jamais de la France, la France elle m'a laissé tomber, ne me parlez plus de la France, c'est ma dernière volonté », pourrait chanter LOL désormais, paraphrasant Sardou et le paquebot. Finirait-elle coulée par le plus grand navire de guerre, le cul tourné à Saint-Nazaire ? C'était une autre histoire. LOL avait-elle un futur au PRP et le PRP avait-il un futur avec LOL ? C'est tout cela que je mis sur la table. Et je terminai par ce que l'enlèvement de LOL avait permis dans le processus de paix qui se mettait en place au Pays basque, contrée si éloignée de Paris : annulaire tranché mais coup de pouce, et mise en lumière d'une situation préoccupante à régler au plus vite pour les pouvoirs publics. Je titrai « LOL libérée » et j'envoyai.

Au *Parisien*, Kattalin était toujours sur le pont.

— Xanti, ça y est, c'est fini.

— Pour LOL en tout cas. Pour le reste, on verra. Je crois que ma mission pour *Le Parisien* s'arrête là. Bien entendu, s'il y a du nouveau, je vous contacte aussitôt. Vous avez les photos de Pibale, non ?

— Il nous les a envoyées. Xanti, je t'embrasse. À bientôt pour de prochaines aventures.

— Je t'embrasse aussi, porte toi bien, Kattalin, ciao, ciao.

Et maintenant Bordagain ! Où il n'y avait ni désert ni prisonnière, mais une experte en philtres divers qu'elle m'administrait dans un enchantement perpétuel. La tentation y était permanente, à laquelle je ne résistai pas. Jamais. Je téléphonai quand même pour avoir l'autorisation de monter à bord. Autorisation accordée.

La colline enchantée me vit la gravir, bonheur aux dents. Et le chien ne daigna même pas apparaître à ma descente de scooter. Sonnette, escalier, avec, cette fois chez B&O, *De vez en cuando la vida*, de Joan Manuel Serrat, par la Cappella Mediterranea de Leonardo Garcia Alarcon. La vie ici, ce n'était pas de temps en temps, c'était tout le temps. Oui, toujours. Pleine, légère, épicée, savoureuse, aiguisée, douce. Et Geneviève, la plus que vive. La vraie vie. Txakoli au poing, éclat aux yeux, elle m'attendait, calée dans le canapé, Juliette Récamier halée, souple et tentante, pleine fleur, comme le cuir qui la nimbait. Je m'approchai pour la célébrer d'un baiser maîtrisé, mais prometteur. Elle tapota le coussin, une invite muette à m'asseoir avant de parler. Elle me tendit aussi un verre mis en lumière par le nectar de Getaria, un Gañeta qui n'attendait que moi. On savait vivre à Bordagain.

— Alors raconte, commença-t-elle, comme elle faisait toujours.

Et je racontai. Tout. Les exploits de la policé contés. Avec talent par Petit Poulet lors du point presse. Sa difficulté aussi, à travailler avec les Lavie, huîtres fermées à double tour, comme un coffre suisse. Et surtout le quiproquo de la libération, quand LOL a pris Petit Poulet pour son délicieux tourmenteur. Je voyais rire les yeux de Geneviève, mais elle me laissa finir. Les problématiques rencontrées désormais par LOL dans son environnement n'étant pas les moins intéressantes. KI qui s'évaporait, au propre et au figuré, les Bakegileak libres de s'activer à confectionner la paix, je ne l'oubliai pas non plus.

— Eh bien, fit-elle, si tu as écrit comme tu me l'as raconté, tes lecteurs ne vont retenir que l'épisode Barbara Cartland.

— C'est évidemment un peu le but de la manœuvre, mais il n'y a pas que ça à lire, heureusement. Je me dois d'informer également et d'ouvrir des pistes. Et ça, je l'ai fait. Pas de gâteau dans cette affaire, mais une jolie cerise, non ?

— J'aurais bien aimé voir la tête de Petit Poulet quand LOL l'a invité au voyage. Le syndrome de Louhossoa, LOL et son geôlier, oh là là, incroyable !

— Mais vrai.

— Tout est bien qui finit bien. Même si LOL termine cette drôle d'étape un peu amoindrie, physiquement et moralement. Et maintenant, Rouletabille, Bakegileak ! puisque tu sais où ça se passe.

J'en entends aussi certains. Vous êtes comme Geneviève : insatiables. Vous voudriez que j'enchaîne sur les Artisans de la Paix. Pourquoi pas un autre roman ? Il n'y aurait pas de victime dans celui-là. Il y en a déjà eu assez. Non non. Je vais finir celui-ci. Vous aussi. Et puis on verra. Et si vous vous ennuyez, lisez, ou relisez l'un de mes bouquins. Il doit bien y en avoir un que vous n'avez pas lu.

— Circé, vois-tu, je vais me mettre les neurones au repos, et attendre l'automne.

— C'est noté. Puisque tu évoques les palombes et les cèpes, c'est ça l'automne pour toi…

— Les couleurs aussi.

— Bien sûr. Mais que pourrait-on se mettre sous la dent ?

— Avec toi, j'ai ma petite idée.

— À part ça, grand couillon ?

— C'est le frigo qui va décider.

Ali Baba gourmand, j'y trouvai mille trésors. Cogollos, oignon blanc, œufs, tranches de lomo, il ne m'en fallait pas plus pour pour allier le simple au goûteux. De la ventrèche de thon pour optimiser la salade, des piquillos en tiras pour faire rougir de plaisir la plancha. Et un petit Aldanondo avant le café piston. Ça se passait comme ça chez la magicienne.

Nous terminâmes le txakoli sur la salade et passâmes, pour le reste, sous les agréables fourches caudines d'un Luis Cañas, Rioja sans déception. Hop ! la nuit était à nous. Elle le fut. Le syndrome de Bordagain frappa encore.

Fossettes, scooter, Socoa, bain, digue, j'avais égrené ma litanie vitale, avant de prendre mon temps.

Vers 11 h 30, j'appelai Petit Poulet.

— Salut. Quoi de neuf aujourd'hui, enquêteur séducteur ?

— LOL est redevenue elle-même et j'ai des précisions sur ses dernières heures de détention.

— Elle a pu les reconstituer ?

— Dimanche, son dernier repas lui a été servi vers midi. Le soir, elle a dansé devant le buffet, et bien évidemment lundi matin aussi. Ce qui veut dire que le geôlier a quitté les lieux dans l'après-midi du dimanche, l'abandonnant à son triste sort. Sans doute en urgence. Ce qui expliquerait la présence des appareils de contrôle vidéo, les restes de nourriture et la fourgonnette restée sur place. Je n'ai pas encore les résultats de recherche ADN, mais d'après moi, ils ne vont nous mener nulle part. Peut-être qu'ils t'ont repéré ou qu'ils nous ont repérés ? D'après LOL, la ferme était toujours silencieuse. Du moins de là où elle était, elle n'entendait rien. Seulement quand on ouvrait la porte de son réduit. Je n'ai pas dit de son déduit, je ne suis pas comme toi, je t'ai lu ce matin et c'est dans tes cordes ce genre de finesse. Dimanche et lundi matin, elle ne s'est rendu compte de rien. Ni de l'absence de son geôlier, ni de notre présence. Et elle ne s'est pas inquiété quand on ne lui a pas apporté de quoi manger.

— De toutes façons, elle mange peu, tout le monde le sait, Petit Poulet. Et le syndrome de Stockholm, appelons-le comme ça pour faire court, vous l'avez évoqué ?

— C'est le domaine des médecins et des psys. Je n'y ai pas accès. Je ne l'ai bien sûr pas évoqué avec elle, ni avec le corps médical. Par contre, m'a-t-elle dit, elle a demandé régulièrement à son geôlier des nouvelles de la demande de rançon. Et régulièrement, celui-ci lui répondait qu'il n'en avait aucune car sa famille refusait tout contact. Elle n'a pas eu de réaction là-dessus. Mais quand je lui ai appris la croisade inaboutie de Leporello pour lever des fonds lorsqu'il s'est rendu compte que ni le PRP ni sa famille ne bougeait, elle a esquissé un pauvre sourire. Dur dur, le retour aux réalités pour LOL.

— Et sur l'enlèvement lui-même ?

— Elle n'a rien entendu. Elle dormait, deux hommes cagoulés ont pénétré dans sa chambre, lui ont mis un bâillon sur la bouche et l'ont bousculée pour qu'elle rassemble quelques affaires dans un sac que nous avons récupéré dans sa cellule. Ensuite elle a respiré quelque chose et ne s'est réveillé que dans le bateau. On l'a endormie une autre fois dans le bateau et elle a repris conscience dans sa cellule.

— Comment ont-ils pu pénétrer dans l'appartement ?

— Avec un rossignol tout simplement. Un court instant nous avons soupçonné BAL d'être de mèche avec les ravisseurs. On l'a donc filé à Paris. Et puis KI a revendiqué. Mais on a continué à le filer. Pourquoi ? Je peux te le dire maintenant. Il est l'amant de Nadine Serrano, tu sais cette députée forte en gueule et qui parle plus vite que son ombre. Pas le même genre que LOL.

— Peut-être qu'elle le fait rire ?

— On a donc continué à le surveiller : le cul aussi gouverne le monde. C'est pour ça qu'il n'est pas beaucoup monté au créneau, BAL.

— Il faudra lui trouver un autre surnom, maintenant. Nous aurons appris quelque chose : finalement, la République aussi s'envoie en l'air.

— Eh oui ! Xanti, ce sont des femmes et des hommes comme nous.

— Merci, Petit Poulet, pour ton aide et pour ces infos croustillantes. Je vais suivre l'affaire de plus loin maintenant.

— Merci à toi, Xanti, à bientôt. Et embrasse Geneviève pour moi.

— Je n'y manquerai pas, sois-en certain.

Il avait raison, Sartre. La patrie, l'honneur, la liberté, il n'y a rien : l'univers tourne autour d'une paire de fesses, c'est tout. Voilà ce qu'il disait ! Comment étaient celles de LOL ? Comment étaient celles de Nadine Serrano ? Pour le vieux Jean-Paul, elles devaient avoir la douceur du castor. Pour moi, elles avaient des fossettes.

Durant les heures où elle resta en observation à l'hôpital de Bayonne, LOL refusa de voir sa famille. BAL s'y essaya mais il fut viré brutalement comme un candidat TV par Trump. Des âmes charitables ayant rapidement fait leur devoir d'informer LOL de son infortune. BAL passa ainsi de Prince consort à Maréchal Lefebvre se coltinant Madame Sans-Gêne.

Il n'y eut pas de retrouvailles de LOL avec sa famille, elle coupa les ponts avec le clan Harpagon et s'en fut se réfugier à Ciboure d'où elle se mit à régler ses comptes. Seul trouva grâce à ses yeux Leporello – il lui avait envoyé des fleurs à l'hôpital, et elle avait accepté qu'il vienne la voir – Le Roseau avait plié mais n'avait pas rompu. Il était le seul autorisé à lui rendre visite dans son appartement du quai Ravel qui était devenu la grotte du dragon dont elle ne sortait que pour cramer tout ce qui bougeait. Fédor Rostopchine, gouverneur de Moscou en 1812, instigateur de l'incendie et père de la future comtesse de Ségur, n'aurait pas fait mieux. Beaucoup plus chaud que *Les Malheurs de Sophie*.

Et puis LOL monta à Paris où elle s'invita à un Bureau Politique du PRP. Et là, elle sortit le lance-flammes et arrosa l'assemblée avec détermination. Il y en eut pour tout le monde. Le président du PRP d'abord. Puis vint le tour de BAL et de Nadine Serrano qu'elle débita en longues tranches fines, avant d'en faire de la chiffonnade. BAL sortit de cet embrasement avec le surnom de Pimpon. Partout où il allait désormais, il fallait appeler les pompiers, car sa température n'avait pas baissé : Fahrenheit 451, et François Truffaut n'y était pour rien. Satisfaite du devoir accompli, telle Ulysse, LOL se retira sous sa tente. Terminé, la politique.

Les Artisans de la Paix œuvrèrent pour qu'ETA leur délègue la responsabilité du désarmement. Trois hommes et deux journalistes seront arrêtés à Louhossoa au cours d'une opération conjointe des polices française et espagnole, pendant qu'ils pratiquaient la neutralisation d'une partie de l'arsenal. Geste symbolique pour provoquer le nécessaire déclic en faveur du processus de paix. Le lendemain, trois mille personnes manifesteront à Bayonne pour demander leur libération. Puis quatre mois plus tard, vingt mille se retrouveront en meeting, toujours à Bayonne, pour la « journée du désarmement » : dès le matin, les autorités françaises découvriront huit caches dont ETA leur avait fourni la liste. Le mois suivant, ETA annoncera officiellement sa dissolution. Il reste à régler le sort des prisonniers politiques et à œuvrer encore pour la reconnaissance des victimes, de toutes les victimes. Mais ça, c'est une autre histoire.

Après son baroud parisien, malheureuse qui comme LOL ne fera plus de beau voyage. Elle s'était retournée, pas trop pleine d'usage et de raison, vivre, mais pas entre ses parents, le reste de son âge. Elle le revoyait aussi son petit village, bien obligée. Même si la cheminée qui fume et le clos de sa maison lui rappelaient hélas, qu'elle était en province. Quant au séjour qu'avait bâti ses aïeux, face à l'océan au-dessus de la Grande Plage de Biarritz, il ne lui plaisait plus d'y mettre les pieds. Adieu les palais de la République au front audacieux, fini le marbre dur, place au chêne rustique, il fallait faire avec. Plus ma Nivelle basque que la Seine à Lutèce, plus la modeste Rhune que le Mont Valérien, et moins que l'air marin la fureur de Paris. Elle en était là, LOL. À ruminer, à ressasser, mais aussi à faire des trucs inédits. Aller aux halles faire un petit marché, il fallait bien qu'elle grignote.

Acheter du poisson au quai de la criée, c'était tout près. Ah, les oméga-3 ! Se rendre à la maison de la presse, elle se devait de rester au courant. Faire le plein d'essence, il lui arrivait de conduire. Elle se levait toujours tôt et marchait beaucoup, plus au pas, c'était fini tout ça. Du quai Ravel à Sainte-Barbe, de Sainte-Barbe à Socoa, de Socoa au quai Ravel. De Guéthary à Hendaye, le sentier littoral n'avait plus de secret pour elle. Pour Xabi Mundaka non plus. Qui était passé entre les mailles du filet pourtant fichtrement tendu par Petit Poulet. Il avait quitté Etxebehera le dimanche en début d'après-midi. Donc, quand nous arrivâmes à Etxebehera, Petit Poulet et moi, il était déjà loin. Un coup de téléphone lui avait appris que pour la rançon, c'était râpé. Plus rien n'obligeait KI à détenir LOL plus longtemps. Et comme, bien évidemment, il n'était pas question de la supprimer, il fallait plier les gaules et boucler le bouclard. Xabi Mundaka avait bien avancé quelques arguments pour retarder l'échéance, mais les ordres étaient les ordres, car l'étau se resserrait autour de KI à cause de la réactivation de la surveillance des « fichés » par Petit Poulet. Le geôlier avait donc abandonné sa prisonnière. Ça faisait beaucoup d'abandons pour cette pauvre LOL : sa famille, son parti, et maintenant son tourmenteur-bienfaiseur. Dégager fissa sans se retourner, c'était ce qu'il devait faire. Immédiatement. D'ailleurs une voiture était là, en haut du chemin de repli pour l'exfiltrer, il n'y avait pas à discuter. Il ne discuta pas Xabi Mundaka, la mort dans l'âme. Il n'entra pas une dernière fois dans la cellule. Séduite et abandonnée, comme dans un vulgaire film italien, la scoumoune continuait de s'abattre sur LOL. Maintenant, dans sa Thébaïde cibourienne, il lui arrivait de rêver, mais oui. À ce gardien intraitable et compréhensif, vigoureux et doux à la fois, dogmatique et sensuel. Tu parles d'un cocktail ! Un rêve à l'eau de rose. Elle qui avait senti le sable chaud de l'Afrique et les légionnaires, senti aussi les trépidations des réacteurs des Alphajets de la Patrouille de France au creux de ses reins, il lui montait des désirs. D'avenir ? Allez savoir ?

Elle était partie vers Hendaye, LOL, pour une randonnée matinale sur la Corniche. Elle s'était d'abord arrêtée en haut de la falaise d'où l'on regarde les surfeurs éperonner Belharra quand les conditions météo sont à l'unisson. Elle avait continué jusqu'au au blockhaus agrémenté d'un canon, à l'embranchement vers Urrugne, où elle avait fait une pause. Il lui arrivait souvent de passer des minutes à regarder la mer. La mer toujours recommencée. C'est ce que se disait aussi Xabi Mundaka. Lui non plus, n'avait pas oublié. Souvent, il accompagnait LOL de loin, dans ses pérégrinations iodées. Il ne la surveillait pas, il veillait sur elle. Il s'arrangeait pour la croiser, la dépasser, la regarder venir puis la suivre des yeux. En silence. Dans une discrétion voulue pour que LOL ne le remarque pas : il changeait de tenue et de sac à dos. Mais aujourd'hui, le temps était venu. De parler. De lui parler. Les mouettes et les goélands surfaient l'air en escadrille, à hauteur de falaise, et LOL debout sur le blockhaus, regardait la mer, le soleil de trois quarts dans le dos. Xabi Mundaka monta aussi sur le blockhaus, silencieusement, souplement. Le soleil chauffait l'épaule de LOL, doucement il y posa sa main et se pencha à son oreille. LOL tressaillit puis se détendit aussitôt. Là, sur un vestige de l'Organisation Todt, LOL venait de trouver, non un feldgendarme mais un garde du corps. Un vrai. Et il lui envoya comme un papillon à une étoile (du Berger ?), quelques mots d'amour. Les mots après les maux. Le retour vers le quai Ravel se fit au pas de course. Il la suivit dans l'escalier de la rue Pocalette. Elle le poussa à l'intérieur de l'appartement. Cette fois, c'est elle qui ferma la porte à double tour. Elle avait dans sa cuisine des couteaux japonais. Et aussi des estampes, dans son boudoir.

Ciboure, Bayssières
Février 2019

Dans la collection

1-Alarme en Béarn, Thomas Aden, 2013
2-Trou noir à Chantaco, Jacques Garay, 2013
3-Coup tordu à Sokoburu, Jacques Garay, 2013
4-Estocade sanglante, Jacques Garay, 2014
5-Ultime dédicace, Thomas Aden, 2014
6-Gaz in Marciac, G.D. Noguès, 2014
7-Notre père qui êtes odieux, Violaine Bérot, 2014
8-De la blanche sur le Somport, Claude Casteran, 2014
9-Les gens bons bâillonnés, Jean-Christophe Pinpin, 2014
10-Ville rose sang, Stéphane Furlan, 2014
11-Le 9 bordelais était chargé, Éric Becquet, 2015
12-Mourir à la San Fermín, Alejandro Pedregosa, 2015
13-L'assassin était en rouge et blanc, Poms, 2014
14-Requiem à Donibane, Jacques Garay, 2015
15-Abattez les grands arbres, Christophe Guillaumot, 2015
16-De chair et d'oubli, Karline Nivet & Pascal Suhard, 2015
17-Sans jeu ni maître, Stéphane Furlan, 2015
18-J'aurai ta Pau, Cesare Battisti, 2015
19-Balles perdues à Moliets, Maxbarteam, 2015
20-Un, deux, trois, sommeil!, Gilles Vincent, 2016
21-Pas d'orchidées pour Miss Armagnac, G.D. Noguès, 2016
22-Du pin et des larmes, Philippe Mediavilla, 2016
23-Estouffade à Guéthary, Jacques Garay, 2016
24-Coup de piolet, Juliette Manet, 2016

25-Palombes, tursan et sale ami, Maxbarteam, 2016
26-Nous n'irons plus au bois, Philippe Lescarret, 2016
27-Toutes taxes comprises, Patrick Nieto, 2016
28-Jeux de dames, Philippe Beutin, 2016
29-Le sang de la forêt, Serge Tachon, 2017
30-Mandrake ne peut pas mourir, Daniel Contel, 2017
31-Ras la coquille en Amikuze, Jacques Garay, 2017
32-Riquet m'a tuer, Yves Carchon, 2017
33-Galeux, Bruno Jacquin, 2017
34-Ça flingue sur la Grande Boucle, Maxbarteam, 2017
35-Chemin de croix, Poms, 2017
36-Y a plus d'enfants !, Jean-Jacques Cripia, 2017
37-Blanc sec et série noire, Philippe Lescarret, 2017
38-Sans homicides fixes, Thierry Benoît, 2017
39-Euskal barbecue, Aitor Behro, 2017
40-Implantés, Stéphane Furlan, 2017
41-Mauvaise passe pour le 10, Éric Becquet, 2017
42-Quand passent les chocards, Michel Brome-Tonne, 2017
43-Croix blanche sur fond blanc, Antoine Léger et G.D. Noguès, 2017
44-Éthique de l'assassin, Maxime Sanous, 2018
45-Sous les pavés la jungle, Simone Gélin, 2018
46-L'œuf de la haine et de la vengeance, Pierre Olhagaray, 2018
47-Les douze sales polars, Collectif, 2018
48-Les vieux démons, Yves Carchon, 2018
49-Ils vont tous mourir, Raphaël Grangier, 2018
50-Noir Vézère, Gilles Vincent, 2018
51-Musique de chambre close, Serge Tachon, 2018
52-Superman ne volera plus, G.D. Noguès, 2018
53-Le cocu sort du nid, Maxbarteam, 2017
54-Le mort est dans le pré, Patrick Caujolle, 2018
55-Erreurs d'aiguillage, Philippe Beutin, 2018
56-L'affaire Jane de Boy, Simone Gélin, 2018
57-Léon et les jambons, Jacques Garay, 2018
58-Flic de papier, Guy Rechenmann, 2018
59-L'ombre des derniers Cathares, Alain Roumagnac, 2018

60-Funestes randonnées, Patrick Nieto, 2018
61-Retour de lame, Philippe Mediavilla, 2018
62-L'heure de notre mort, Philippe Lescarret, 2018
63-La fille du port de la Lune, Simone Gélin, 2018
64-Les pêcheurs de sable, Serge Nicolo, 2018
65-Fausse Note, Guy Rechenmann, 2019
66-Otage en réanimation, Pierre Sagnet, 2019
67-Truc Vert, Simone Gélin, 2019
68-Peine maximum, Gilles Vincent, 2019
69-Le Dali noir, Yves Carchon, 2019
70-Vies et morts de Marco Mariotti, Régis Tomàs, 2019
71-Le syndrome de Louhossoa, Jacques Garay, 2019
72-Amères pilules, Pierre Olhagaray, 2019

ABONNEZ-VOUS

Vous souhaitez être averti(e) des parutions en exclusivité, bénéficier d'offres spéciales, de cadeaux, etc. ?

Abonnez-vous, gratuitement et sans engagement, à notre catalogue en nous retournant le coupon ci-après.

Chaque nouvel inscrit recevra une petite surprise...

Rejoignez-nous vite et n'hésitez pas à inviter vote entourage.

Je désire m'abonner gratuitement au catalogue
de la collection Du Noir au Sud des Éditions Cairn.
Je serai averti(e) des parutions des polars et autres ouvrages,
ainsi que de l'actualité et des offres Cairn.

Nom

Prénom

Adresse

Code Postal Ville

Pour encore plus d'offres et d'infos,
indiquez votre adresse e-mail :

E-mail

Bon à compléter et à retourner par courrier
à l'adresse suivante :

Éditions Cairn
ZI Berlanne
14, rue des Bruyères
64160 Morlaàs

Mise en page et suivi de fabrication
Atelier Graphique Cairn
Achevé d'imprimer en avril 2019 par GN Impressions (152499)
pour le compte des Éditions Cairn
14 rue des Bruyères - 64160 Morlaàs
Tél. : 05 59 27 45 61 Fax : 05 59 98 84 89
communication@editions-cairn.fr – www.editions-cairn.fr
Dépôt légal : avril 2019